俺もおまえもちょろすぎないか
ORE MO
OMAE MO
CHOROSUGI
NAIKA
3
保住圭
Kei Hozumi & Suimya
イラスト◎すいみや

——最初に目に入ったのは、
月明かりを映したかのような白い肌×2。
「んふ……♪」
バスタオルを身体の前に当てただけのゆっこは、
半露天の湯船の縁に腰掛けた状態で、
こちらに振り返っていて。

「おっ、おまっ、おまおまおま、お待ちして、いましたっ……！」
一方、つぶらはこちらに背を向けた状態でお湯に浸かり、細い肩越しに顔だけをこちらに向けていて。覆い隠しても隠しきれない胸の膨らみのたわわさが、緊張しきった表情と共に俺の目に焼き付いた。

# CONTENTS

# 俺もおまえもちょろすぎないか 3

保住圭

MF文庫J

口絵・本文イラスト●すいみゃ

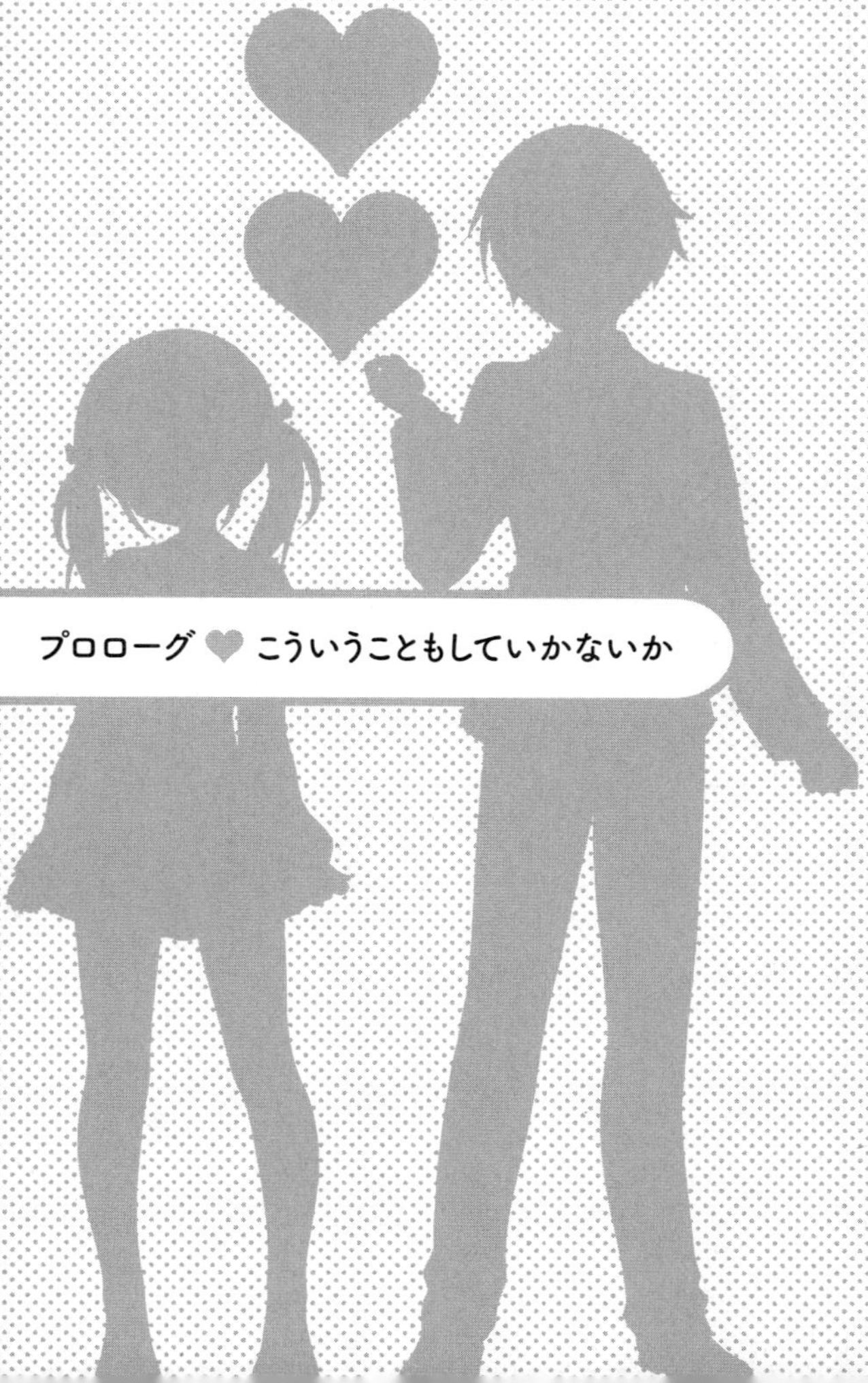

# プロローグ ♥ こういうこともしていかないか

「ふ……触れて、ください」

「い、いいのか？」

「はい……だって、私たちはそういう仲なんですから」

ゴクリ、と俺は生唾《なまつば》を飲み下す。

実を言えば、ずっとそうしたいと思っていた。


「先輩、来てください……」

「うん……じゃあ、行くぞ……」

「──んっ」

熱く、柔らかな彼女のそこに、俺は自分をグッと押しつけた。

彼女──初鹿野《はじかの》つぶらの漏《も》らした吐息《といき》は、耳のすぐ側《そば》。

それは俺という存在全てをくすぐるようで。

頭の奥まで、愛《いと》しさと甘苦しさで満たすようで。

もっともっと、欲しくなる。

「つぶら……それじゃあ……」

「は、はい、先輩、私は大丈夫ですから……。恥ずかしいですけど、欲しいっていう先輩の気持ち、分かりますから……お、お願いします」

「……大事にするよ」

「はい……私にも、ください……」

「じゃあ、一緒に……。つぶら、大好きだ……」

「わ、私もです、先輩……ですから、ですから、早く……っ」

「ああ……行くぞ、行くからな、つぶら、目線っ――」

「はいっ――」


――パシャッ！

そのシャッター音を聞くや、くっつけ合っていたアッツアツの頬《ほお》をお互い慌てて離した。


「く、くっつき合って自撮りするのがこんなにこっ恥ずかしいとはな……」

「本当ですっ……先輩もドキドキしているのが分かって、その分だけ私もドキドキしてしまって、それが伝わっていると思うとますます気恥ずかしくて、あげく――」

「そんなところを、写真に収めちゃうとかな……」

「で……でも先輩、どうしてもそういう、スマホの壁紙用の写真が欲しかったんですよね」

「……離ればなれのときでも見返して『あ～俺にはこんな可愛《かわい》い彼女がいるんだ～』って

噛《か》みしめたかったからさ」

「は、はい、ありがとうございます。いえ、その気持ちは私にも分かります。離れていても心は一緒といいますか、同じ気持ちを抱いている、こ、恋人がいるという事実を、壁紙を見るたびに実感出来るからということですよねっ」

「分析するとそうなるかな。……だからありがとうな、つぶら。撮らせてくれて」

「いえ、私の方こそ今までそういうことに思い至らずにいましたので、ご提案くださってありがとうございます。また一つ、覚えました。確かに大事ですよね、カップルにはこういうの……」

まだ恥じらいに頰《ほお》を染めたまま、だけどつぶらはすこぶる生真面目な表情でこくこく頷《うなず》く。

うん、『二人で撮った待ち受け写真が欲しい』なんて言ってみてよかった……。

今のこの経験だけでも、しびれるほどに嬉《うれ》しい。その上で。

「そ、それで先輩、写真の方はきちんと撮れましたか？」

「ああ、うん。えーっとだな……ほら、このとおり」

スマホを操作し、今撮ったばかりの写真を二人で覗《のぞ》き込《こ》む。

そこには、真っ赤になりつつも満面の笑みの俺と、同じく真っ赤で、そしてこちらを睨《にら》みつけるような俺の好きな顔のつぶらが思いっきり頰をくっつけ合い、寄り添っている姿。

「わ……分かっていましたけど、本当にぴったりくっついてしまっていますね、私たち」

「というか、今もまたくっついてるわけだけどな、俺たち」

「あっ……」

慌ててまた身体《からだ》を離しかけたものの、結局怒ってるみたいな顔つきで元に戻るつぶら。

「し、仕方ないじゃありませんか！　二人でスマホを覗き込まざるを得ないんですから！」

……なんというか、つぶらだなぁ。自分が見たいと言い出したんだから、自分が身体を寄せるのは当然だから、ってところだろう。

「この写真送らなかったら、二人で見返すたびにこうしてつぶらとくっつけるわけか……」

「それでは本末転倒です！　私にも送ってください！」

「あっはは、分かってるって。それじゃ……うん、送信」

俺がＬＩＮＥに今の写真を添付して送ると、すぐにつぶらのスマホから通知音。

「……確かにお受け取りしました」

つぶらはムスッとした顔でスマホを操作し——だけど、俺と目が合うと、結局クスッと苦笑した。

「私も壁紙にして、折に触れて見返しますね。この写真」

「おっ。おそろいか、いいな……お互い見返すとき、今のやり取りのこと、絶対思い出しちゃうな」

「はい……間違いないです」

コクンとつぶらは頷《うなず》いて、そしてますますその口元をほころばせる。

「今のやり取りだけじゃなくて、今までのことも。先輩とどう、お付き合いしてきたか。出会ったときのことも、初デートのときのことも、クリスマスのときのことも、年明けからのことも……」

頬《ほお》は、バラ色。

そんな彼女の姿に、俺も自然と今までのことに思いを巡らせた。


つぶらと付き合い始めて、もう数ヶ月。

この歳《とし》にして最初から結婚を視野に入れている、一風変わったカップルの俺たち。

——そう。俺たちはまだ十六歳と十四歳。

だから結婚ってものは、言ってしまえばただの口約束でしかない。

それでも、少しでもその『将来』を確固たるものにしたいから……。

こういうこと以外にも、いろんなことをしていかなきゃならない。

なんせ——

結婚は、周りの大事な人たちに認められてするものなんだから。

# 1 ♥ 正式な婚約をしようじゃないか

期末テストも終わった、ある日。俺——星井出功成《ほしいでこうせい》はファミレスの席で、先日撮ったばかりのつぶらとのひっつき自撮り写真壁紙を改めて眺めていた。

——可愛《かわい》いなぁ、つぶら。真っ赤になって、レンズを睨《にら》みつけるようにしてて。

このときのつぶらの頰《ほお》、本当にアッツアツだったな。

すぐ側《そば》で感じられた吐息《といき》や、耳元に触れる髪の毛の感触も、くすぐったかったな。

そんなことを、俺はニマニマと思い返して噛《か》みしめる。

狙いどおりというか、期待どおりだった。

この壁紙があると、つぶらといつも一緒にいられてるような感じがする——

「お待たせっ。功成くん」

……そう。たとえ今、脱色された明るい髪とギャルっぽい派手な服装をした、二つ年上の美人のお姉さん——青原稀《あおはるまれ》先輩と二人っきりでも、だ。

今日はバイトが休みだというので、こうして呼び出されたんだけど……。

卒業前に一度こうしてサシで話したいと言われれば、特に断る理由はない。期末テストも無事終わって、あとは答案の返却を待つばかりだし、この人、もう俺に以前のようなアプローチはかけないって言ってくれてるし。

なのでひとまずお互いドリンクバーを注文し、交代交代で飲み物を取ってきたわけだけど。

「いえいえ。それで今日はどうしたんですか？」

と、スマホをポケットにしまいつつ、向かいに腰を下ろした稀先輩に切り出す。

「あ、うん……ひへへ、実はねー」

稀先輩はコーラの入ったコップを置くと、こぼれた髪の毛の先をくるくる指に絡みつけながら苦笑して、

「アタシ、また功成くんにアタックさせてもらうから！」

いきなり爆弾発言！

「えっちょっ、ど、どういうことですか!?」

思いっきり泡を食ってしまう俺。

いや、だって、話が違うじゃないか！

「もうそういうことはしないって言ってませんでした!?」

「言ってないよ？」

稀先輩は楽しげなニッコニコ笑顔だ。

「受験があるからデートに誘ったりはしない、とは言ったけど」

「…………」

そういえば、そんな言い方だった気がする……。

そして言うまでもなく、稀先輩の受験はとっくに終わっている。めでたく第一志願の短

大（幼稚園の教員免許を取るのだそうだ）に合格し、今は卒業を待つ身だ。

「受験終わったから、解禁だもんね♪　そういうわけで――」

「こ、困りますって！」

半ば立ちあがりかけながら、そう言わざるを得ない俺。

すると稀《まれ》先輩は少し肩をすくめ、こちらを窺《うかが》うような上目遣い。

「……早く功成《こうせい》くんとまたデートしたくて受験頑張ったのにな、アタシ」

その言葉と視線に一瞬、「そういうことなら無下に断るのも悪いか……」と思いかけてしまった俺だったけど、いや！

「むぐっ……だ、だとしてもですっ。すみませんけどっ」

と、なんとか踏みとどまった。

以前の俺だったら、稀先輩の言葉や気持ちを真っ正面から受け止め、受け入れてしまってた。

だけど今はもう違う。そればっかりじゃ駄目なんだと、冬の間に思い知ったのだから！

「わ、功成くん、成長してる」

「そうですよっ。だからこのとおりです！」

と、再びスマホを取り出し画面の電源を入れ、つぶらとひっついている壁紙をビシッと水戸黄門《みとこうもん》の印籠のごとく稀先輩に突きつけた。

「俺にはつぶらがいますから！」

「あはは、こんなの撮ったんだー。この初鹿野《はじかの》ちょー可愛《かわい》い」

「あ、でしょでしょ？　すっげーつぶららしいですよね、この睨《にら》むみたいに恥ずかしがってるところが」

「……初鹿野のこと大事にしてるんだね、功成くん」

ふ、と目を細め、微笑《ほほえ》みながら髪を払う稀先輩。

分かってくれたんだ、と俺は安堵感《あんどかん》と共に頷《うなず》いた。

「はい……だから稀先輩――」

「アタシ、功成くんのそういうトコも好きだな♪」

「だからぁ！」

いや、気持ちは嬉《うれ》しい。嬉しいんだけども！


なんとか振りきって稀先輩と別れると、俺は息をつきつつ家に帰り着いた。

「ふぅ……とりあえず、メシにするか……」

テレビをつけながら荷物を置き、独りごつ。

居間には妹の悠伊《ゆうい》が見当たらないが、靴は玄関にあったし、最近は部屋でＳｗｉｔｃｈをしてることが多いからたぶん部屋だろう。

そして今日はまた親の帰りが遅く、金を置いていってもらっていたので、俺は帰りがけにコンビニ弁当を買ってきていたんだけども……。

ダイニングのテーブルには、悠伊《ゆうい》の分の千円札（ちなみに、これには明日の昼食分も含まれている）が手つかずで残っていた。

ってことは、我が妹は夕食をまだ確保してないってことだ。

「弁当買うときに、おまえの分も買ってこようか？とか連絡すればよかったか……？」

なんて、思ったところで。

ぴんぽーん♪

と、インターフォンが鳴った。

なんだろう、宅配の人か？

『あ、功成《こうせい》？　わたしだけど……』

「はーい」

「あれ？　小津《おづ》じゃん」

インターフォンのカメラが捉えていたのは、長い髪と、背はすらっと高いのに猫背の女子。俺たち兄妹《きょうだい》のいわゆる幼なじみである小津梅香《うめか》だった。

こいつがこうして家に突然訪ねてくるのは珍しくない。

といっても、もっぱら「悠伊に呼ばれたから」だけど。昔からそうなのだ。というわけで。

「ちょっと待ってな、悠伊呼んでくるから。というか下りてこいっていうんだよな、チャイム聞こえてないわけないだろうに……」

『だ、大丈夫大丈夫。ＬＩＮＥしたら、あとでってことだったから』

「あとで、って？」

『とにかく、上がらせてもらってもいい？』

「ああ、うん」

玄関のドアを開けに行き、小津を招き入れる。

すると小津はどういうわけか、大きめの鍋を両手で抱えていた。

「……その鍋、何？」

「じ、実はね！　ちょっと煮物作りすぎちゃって、そのお裾分けに来たの」

ああ、だから悠伊のやつ、夕食の買い出しをしてなかったのか……。

と思っていると、小津は身体《からだ》を縮めつつ、

「その……結構たくさんあるから、よかったら功成も食べる？」

「ああ、うん。それじゃありがたくいただこうかな。俺ちょうど今からメシにするところだったし」

「な、なら用意するね」

勝手知ったる他人の家（今まで悠伊《ゆうい》にさんざんやらされたんだろう）、というやつで、小鉢を取り出して鍋から取り分け始める。

「おう、ありがとう。しかし何気に初めてだな、小津《おづ》の手料理食わせてもらうの」

今まで小津はあくまでも「妹の幼なじみ」で、俺はクラスで話をするレベルの付き合いだった。

それが今のような距離感になったのは……まあ、この前の出来事があったからなんだろう。

あのとき、小津には悪いことをしてしまったけど、だけどこいつはその後変わらず――どころか、今まで以上に親しい友達づきあいをしようとしてくれてる。

俺の方も、それに応えるのがせめてもの償《つぐな》い、というところはあった。だから今こうなっている。

……これ以上お互い踏み込まない、暗黙の了解というか。ともあれ。

「はい、めしあがれ」

電子レンジで温めた煮物を持ってきてくれる小津。

「ああ、ありがとう。んじゃいただきます……はむ」

俺はすぐに、口に運ばせてもらう。

「もぐ……う、上手《うま》いのなおまえ、料理」

小津の煮物はちょっと驚いてしまうくらい旨《うま》かった。

「そ、そう？」

「悠伊から話には聞いてたけど……もぐもぐ……いや、なんて言うの？　出来合いのお惣《そう》菜《ざい》とかコンビニ弁当のと違ってさ、おかんの煮物感がすごいっていうか、ホッとする系というか」

ひとことで言ってしまえば「素朴で旨い」になるんだろうか。どうあれ、びっくりするほど俺好みの味だった。

「そ、そっかぁ……へへへ」

小津は相好を崩しながら、俺の向かいに腰を下ろす。そしてひじをつき、チューリップのような形にした手の上にあごを乗せると、

「ゆっこからいろいろ聞いてたからね、好みの味」

妹を昔ながらの呼び方で呼んで、照れくさそうに笑う。

「あいつ、自分好みの煮物を作らせようって、小津にあれこれと指導してたわけか」

「こ、功成《こうせい》好みでもあるんだよね？」

「まあな。そこはほら、兄妹《きょうだい》だし。食ってきたもんが同じだから、こういう料理に関しては自然と似たような好みになるっていうか……」

「も、もっと食べて、食べて！」

「おう、いただきまーす、はぐ……うん、マジで旨《うま》いな、旨い旨い……」

「…………へへへへ」

——いろいろ、あったけども。

結局、こいつとこういう距離感になれてよかった。ふとそんなことを思う。

全ては小津《おづ》が気持ちの整理をつけてくれたからだけど……長いこと付き合ってきて、この歳《とし》になって初めて、「気の置けない幼なじみ」って関係になれた気がする。

「にしても俺、こんなに食っちゃっていいの？　悠伊《ゆうい》の分なくなったりしないか？」

「あ、それは大丈夫。最初から功成《こうせい》の分もって思って、余分に持ってきてるから」

「ふーん、ならいいんだけど……もぐ……」

「…………」

「もぐもぐ……」

「べ、別に、未練で功成に手料理差し入れてポイント稼ごうとかそういうんじゃないからね!?」

「んむっぐ……っ!?」

顔を真っ赤にして言われたもので、思わず詰まってしまった。

「いやおまえ、明らかにそれ未練ありますって言い方だろ！」

「はっ!?　し、しまったぁっ……！」

「ごめん、気持ちは嬉《うれ》しいけどそういうことならこれ以上は食えない……つぶらに悪いし……」

「ううッ、そうなるよねっ。わたし余計なことを……！」

＊　＊　＊

俺の周りはちょろい人間ばかりだ。俺含めて。

傍《はた》から見ればほんの些細《ささい》な切っ掛けで相手を好きになり、そうなったら、もうその想《おも》いを伝えずにはいられない。

――そう。相手が好き、って想いはどうにもならない。

稀《まれ》先輩と小津は、依然として俺にそれを向けてくれている。

もちろん、嬉しくないわけはないけども……。

でも、何度も言っているとおり、それだけじゃ駄目だとも学習した。

つぶらとの愛を、貫くためには。

だから俺に出来ることは、二人が自然と諦めざるを得ないほど、つぶらとの仲を確固たるものにすることだろう。

ある意味これは、俺たちに隙があるから……なんだし。

まだ自分たちにも可能性があるかも知れない。そう、稀《まれ》先輩や小津《おづ》に思われてしまっているから、こういうことになっているのだし。

何故《なぜ》なら、俺たちの仲は結局口約束でしかない。十六歳と十四歳では、まだ婚姻関係というものにはなれない。だからどうしたって隙は出来る。

だけど、いや、だからこそ、どうにかしなきゃならない。

ではどうすればいいのか——

そんなの、ある意味決まっていた。

＊　＊　＊

「——んんんんぅむぃぃ〰〰〰っ」

期末テストの答案返却開始日の朝。登校中。

通勤通学時間の雑踏《ざっとう》の中で、俺から昨日の稀先輩と小津の話を聞くと、つぶらはそんなうなり声を漏《も》らしながら両手をブンブン振りはじめた。

その勢いのまま、眉を吊《つ》り上《あ》げた恐《こわ》い顔で、俺の腕をガバッと取って抱く。

「稀さんっ、やっぱりまだ諦めていなかったんですかっ、まだチャンスはあると思ってるんですね、むぃぃ、そんなことありませんこのとおりですっ」

言いながら、抱いた俺の腕に身体《からだ》を押しつけるようにぐいぐい。周りに人目はあるし、制服とブラに包まれた胸の感触がモロ分かりだが、つぶらは赤くなりつつ構わず続ける。

「それに梅香《うめか》さんもっ、悠伊《ゆうい》をダシに先輩に手料理アピールなんてっ、んんぅむいぃ、駄目です、そんなの駄目ですっ、そんなポイントはすぐ私がこうして取り返しますっ」

「はは、それで俺の腕を抱きしめてくれるのか」

「だって私が先輩の彼女なんですっっ……！」

要するに、思いっきりヤキモチを妬《や》いてくれていた。

つぶらはもう、こういう自分を隠さない。俺と同じく抑えていては駄目と学習したからだ。だから胸だって、こんなところでも、恥じらいながら一生懸命俺に押しつけてくれる。

しかし、妬くにしてもいちいち分析したり理路整然と理屈をこねたりなんて、つぶららしさ全開だな！

彼女のこういう妬き方は、正直なところ俺のハートにビシバシ来るものがある。猛烈に可愛《かわい》い。そして胸の感触が嬉《うれ》しい……もちろん通り行く人たちにジロジロ見られてるから、気恥ずかしくもあるんだけど……それ以上に……。

などと俺が噛《か》みしめている間に、

「私たちに隙があるのがいけないんですね、だったら先輩！　い、いっそのこと、稀さんたちの前でその、ほ、ほっぺにチューくらいして見せなきゃいけないんでしょうか!?　いけないんですね⁉　だだだったらもう私覚悟を決めてっ……」

　つぶらはレベルの高い覚悟を決めかけてしまっていた。

　俺は慌てて、

「いや、落ち着けっ。確かにそれもいい案だとは思うけどっ」

「ですよね、はいっ、なら私っ、ううッ、ががが頑張りますからっ……！」

　想像しただけで猛烈に恥ずかしいらしく、つぶらはもう耳まで真っ赤になっていっぱいいっぱいだ。

　そのくせ、噛《か》みしめるように、

「そう……私はもっと頑張らないと……先輩の彼女として……」

　……健気《けなげ》すぎて、可愛《かわい》すぎることを言ってくれる。

　それが嬉《うれ》しいのと同時に……どうあれ妬《や》かせてしまっているのが申し訳なくもあるわけで。

　だから俺は、彼女の髪を撫《な》でながら上を向かせた。

「あ……、せ、先輩……」

「それはいい案だとは思うけどさ、でも、だからって俺、つぶらに無理はさせたくないよ」

「む、無理なんかじゃありません！　それが必要なら――」

「うん、つぶらの言うとおり、俺たちに隙があるから稀《まれ》先輩たちも諦めきれないんだと思う」

「は……はい、そうですよね、ごめんなさい先輩、私が至らない彼女なばっかりに」

「そんなことないって！　今、一生懸命俺の腕抱きしめてくれてるだろ？」

「ですが稀さんや梅香《うめか》さんの前じゃないと意味はないですっ。だから――」

「だからさ、つぶら。俺から提案があるんだけど」

「は、はい。なんでしょう」

ちょっとの緊張。通勤通学の人が行き交うこんな街中で、という躊躇《ためら》い。

しかし、ここで躊躇っていては男が廃るというやつだった。

だから俺は、しっかりとつぶらの目を見つめて言った。


「――俺たち、正式に婚約しないか!?」


「!!」

周囲がザワッとしたものの、もはや俺は気にならない。代わりに胸中で噛みしめる。

そう。婚約――結婚の約束をきちんと交わすこと。

俺たちは結婚前提の付き合いだ。だから、口約束《おづ》ではそれを交わしている。

でも、逆に言うと、それだけじゃ稀先輩や小津が諦めきれないんなら……。

諦めざるを得ないほどに、強固な約束を交わして、言い方は悪いけど見せつけてしまえばいい。

俺が考えたのは、要するにそういうことだった。

つぶらは真っ赤になり、みるみる眉を寄せた。

「どうだ？　つぶらっ」

「…………んなっ、何を言ってるんですか先輩！」

怒鳴り返された！

いや、なんでそうなるの!?

「腕を抱きしめた私が言えた柄じゃありませんけど、こ、こんなところで、そんなっ……」

「う……た、確かにこんな朝の登校中にすることじゃないかも知れないけどさ」

普通はこう、いい感じのところ……例えば夜にイルミネーションの輝く中で、膝《ひざ》をついて指輪を差し出しながら……みたいに言うイメージはあるし。

「そ、それでも先輩は、その、し、したいと仰《おつしや》るんですかっ……」

「そりゃしたいよ、だって俺はつぶらの恋人なんだから！」

「っ……！　せ、先輩……それほどに……」

「うん……稀《まれ》先輩や小津《おづ》にいくらアプローチかけられようと、俺の気持ちは揺るがないし……」

「はうぁっ……そ、そうですよね、そしてそれは私も同じだと、それを確かめたいですもんね、もうご存じでしょうけど、その、何度でも確かめたいといいますか、あの壁紙用の写真が欲しいのと同じ理屈で……」

「そうそう、そういうわけで……」

「わ……分かりました！　先輩がそう仰るなら、私も覚悟を決めます……っ」

「ホントか？　ありがとうつぶら、じゃあ──」

「は、はい……では、その……お、お願いしますっ！」

んっ！　とつぶらはそこで爪先立って目を閉じ、口元を突き出すようにあごを上げた。

「…………へ？」

「えっ？」

パチッ、と目が開いた。

「せ、先輩、どうしてしてくださらないんですか……？」

「えっと、あの……ひょっとしてつぶら、今のってキス待ちだったの？」

「……ひょっとして先輩、そういうことじゃなかったんですか？」

「い、いや、婚約の証《あかし》としてキスもありだろうけどさ、その前になんていうか、いろいろとこなすことがあるだろうし……」

「…………」

というか、つぶらの中では婚約イコール誓いのキスだったのか？

何それ、可愛《かわい》いななんか。夢見る乙女チックというか。

なんて思っていると、つぶらの首から上が一気にドカンと赤く染まった。

「し、失礼しました！　私ったらなんて思い違いをっ……そうですよね、先輩がそんな、順番をすっ飛ばしていきなり唇を求めるなんてことっ……」

「そ、そうそう！　さすがに俺もそれは――」

「……でも胸に顔を埋《うず》めたいだなんていきなり言い出す先輩ですし」

「そうだった！　いや、それは今置いておいて！　というか流石《さすが》にそれこそ、こんなところで求めたりしないよ！」

「そそそ、そうですよねっ、はいっごめんなさいっ、本当に私ったらっ……」

いや、なんだかんだで結局、一生懸命俺に応えようとしてくれたのはめちゃくちゃ嬉《うれ》しいけどね！

「こほん……そ、それでは、すみません、教えていただけないでしょうか。正式な婚約とは、先輩的にいったいどういうことをするものなんですか！」

気を取り直したように眉を寄せ、生真面目に聞いてきてくれるつぶらだった。ただし首から上はまだものすごく赤い。

「私、まだ知識不足で詳細はよく分かりませんが……ですけど、私も先輩と正式に婚約したいです！　他の誰から見ても揺るぎない、確固たる仲に、先輩となりたいですっ」

「おお……そうだよな、そうだよなっ。ありがとうつぶら、俺も同じ気持ちだ！」

「先輩っ……はい！　では、教えてください！」

「…………」

「……先輩？」

「いやごめん、俺も実を言うと、具体的にどうこうっていうのは詳しくないんだ……」

「………………」

だったらちゃんと調べてから仰《おっしゃ》ってください！　と叱られるかと思いきや、

「でしたら、一緒に勉強しましょう！」

こぶしを握って、そう言ってくれた。

その健気《けなげ》さと前向きさは、思わず抱きしめたくなってしまうほどだった。


というわけでその日の昼休み。おなじみの、中央棟1Fホールのベンチ。

テスト返却中だけに、他の生徒なら、採点の結果に一喜一憂してたりするところだっただろうけど……。

「先輩、先輩っ。休み時間にいろいろ調べてきました！」

「おおっ、早速!?　そういうところは流石《さすが》つぶらだなぁ……！」

つぶらはお弁当を広げるのもそこそこに、ＰＣ室でプリントアウトしてきたらしい大量の資料を取り出してきた。

初デートのときもそうだったけど、未知のことに取り組もうという展開になると、つぶらってホント一切手を抜かないよな。

目的を見定めたら徹底的で、ひたすら生真面目に追究するというか。

「婚約はですね、公的に提出する書類も法的に決められた手続きなどもないんです！　ですがその代わりに形式は自由で、調べたところによると色々なスタイルがあるようですっ」

にしても、ものすごく気合いを入れて説明してくれてるつぶら、めちゃくちゃ可愛《かわい》いな！

日頃は落ち着いてるのに、フンスフンスと鼻息も荒く、目をキラキラ輝かせながら一生懸命で……。

それほどに俺と正式に婚約を交わしたい！と思ってくれてるのが、その姿だけでもジンと来るほどによく分かる。

（ああ……つぶらと結婚したら、きっと毎日こうして一生懸命家のことをこなしてくれるんだろうな……）

なんて、思わず改めて胸中で噛《か》みしめてしまうほどだ。

「……先輩？　どうかしたんですか？」

「いや……俺、毎日どっかしらつぶらに惚《ほ》れ直してるよな、とか思って」

「!!」

「……ほっぺにチュー、していいか？」

「ふあっ、やっ、あっはいっ、はい先輩……こ、ここなら人目はありませんしっ……」

「ありがとう、じゃあ……ちゅっ！」

「んんぅっ」

俺がそっと頰《ほお》に唇を押しつけると、つぶらはきゅ〜っと身体《からだ》を縮めて、

「わ……分かり、ます。その、自分で言うのもおこがましいかも知れませんが、先輩は今私のことが好きで好きでしょうがなくなってくださってて、キス以外に表現する手法がないくらいだった、ということですよね。はい、その、それは私も一緒です、なのでその、お昼を食べるよりも説明してしまいましたし、き、キスも是非お受けしますと……」

と、相変わらず今の自分の気持ちも、一生懸命説明してくれるわけで。

「うん……結婚しような、つぶら」

俺は改めて、しみじみとそう言ってしまう。

するとつぶらはたぶん俺のキスの感触の余韻がまだ残っている頰を、文字通りのバラ色に染めて、

「は、はひっ。はいっ……そのために正式な婚約をしましょうっ、なのでまずっ——」

グッとこぶしを握って、言った。

「婚約指輪と、両家の顔合わせだと思いますっ」

婚約指輪はあいにく、今の俺の手持ちじゃ用意できない。

いや、つぶらは「そんなお高いものじゃなくていいです」と言ってくれはしたけど、だからってそれに甘えさせてもらっては、なんというか、男として申し訳が立たなすぎる。

思うに——何故《なぜ》、婚約指輪が一般的に高額なものなのかは、「それくらいに相手の存在を貴重に思ってる」って意味なんだろうし。

だから、俺も指輪に関しては妥協したくない。なので申し訳ないけど、しばらく待ってもらうとして……。

すぐに出来ることといえば、両家の顔合わせだ。


という次第で、その週の土曜日。

「つぶらの母、初鹿野《はじかの》みさおと申します」

「これはこれはご丁寧に恐縮です、功成《こうせい》の父、星井出《ほしいで》大成《たいせい》です。そしてこちらは家内の美《み》悠《ゆう》と——」

「祖父の星井出成一《せいいち》です！　いやぁ、こんなご挨拶の機会に恵まれるとは健康バンザイですな！」

「おじいちゃん、そのジョークきわどすぎ……。ってわけであと悠伊《ゆうい》です。知ってるだろうけど」

「こちらこそご丁寧に恐縮です」

頭を下げ合うみさおさんと、星井出《ほしいで》家一同。全員、スーツや制服といった正装だ。

俺とつぶらでそれぞれに呼びかけて、今日はこうして市内の小料理屋の座敷で、一席設けてもらっていた。

もちろん、俺の親やじいちゃん、そしてみさおさんも、すでに俺たちが結婚を前提にした付き合いをしていることを知っている——どころか、応援してくれている。

だからこれは形式上のものではあるけども、それでも、大事なことのはずだ。

なにせ、家族同士で顔を合わせるのはこれが初めてになるんだし。そして、今日から長い付き合いになるんだし……。

「つぶらはふつつかな娘ではありますが、どうか、よろしくお願いできればと」

「とんでもないとんでもない！　つぶらさんには我が家全員、どれだけ助けられたか！

それに、なにより功成《こうせい》のことを、これほど受け止めてくれる女性は他にいないでしょう！」

「それは私といたしましても同じことです。功成さんでなくば、つぶらは女の幸せを知ることが出来なかったでしょう」

「ってみさおさん、みさおさん、言い方！　俺たちまだ清い関係ですから！」

なんて、ときおりお母《みさお》さんの真顔の素っ頓狂さに、突っ込まざるを得なくはなるけども。

しかしウチの家族は、この人の鋭すぎる眼光にもまったくひるまないのは助かるな……

それこそ、つぶらで耐性的なものが出来てたのかも知れない。

「わっはっは。で、功成、おれたちとしてはそろそろ本題に入って欲しいんだがね。老い先短い身としては、さっきからウズウズしっぱなしなんだよ」

「「あ、はい……っ！」」

じいちゃんに水を向けられ、俺とつぶらはそろって背筋を伸ばす。

この顔合わせ自体が和やかに始まったとはいえ、やはり形式は大事だ。ご報告をし、承諾をもらう立場の俺たちとしては、きちんと礼儀を尽くさねばならない。

だからつぶらと視線を合わせると、お互い真面目な顔で頷《うなず》き合って、

「本日はお忙しい中、お集まりいただきまして誠にありがとうございます」

事前に打ち合わせていたとおり、まずはつぶらが口火を切り、そう丁重に頭を下げる。

さすがというか、こういった口上も流暢《りゅうちょう》だ。

「えっとっ、ぼ、僕たちのために、こういった場を設けていただいたことも、その……ふ、二人を代表して、僕から御礼申し上げさせていただきますっ」

一方、俺は緊張でつっかえつっかえにはなってしまったけど、それでも最後まで言い切

り、つぶらを追って頭を下げた。

そんな俺に、「頑張ってください！」とばかりに視線を送ってきてくれるつぶら。このあとに続く言葉も、俺が述べることになっている。それがいい、とつぶらが言ってくれたのだ。ちゃんと男の俺に花を持たせてくれるわけで、すでによく出来た嫁っぷりだった。大好きだ。

それだけに、俺としてはきっちり、務めを果たさねばならない。ゴクリ、と緊張をツバと一緒に飲み下して、

「……僕とつぶらさんが、結婚を前提にお付き合いしていることはみなさんご存じかと思いますがっ……！」

両手を前につき、本題を切り出した。

「僕らの口約束だけではいけないと思いまして、みなさんのお時間を頂戴しましたっ。……どうか、僕らの婚約を認めてください！」

「分かった」

「うん」

父さんと母さんの返事はとにかく早かった。

「もちろんです。将来が楽しみです」

みさおさんの返事は、簡素にして率直だった。

「よし！　これで問題ないな、めでたい！　宴会だ！」

そしてじいちゃんがこれ以上なく嬉《うれ》しそうに、相好を崩してそう宣言した。

分かっていた反応とはいえ……俺は力が抜けた。

「はぁ、よかった……」

「お疲れさまです、ありがとうございました、先輩っ」

そんな俺に、つぶらは向き直って三つ指をつく。

そしてゆっくりと、たぶんつぶらにとっての最上級の丁寧さで頭を下げて、

「……ふつつか者ですが、今後ともなにとぞよろしくお願いいたします」

「い、いやいやっ……それは俺の方こそ！　よろしくな、つぶら」

「はい。……ふふっ」

「ははは……」

笑い合う俺とつぶら。

そんな俺たちを、みんなは和やかな顔で見守ってくれていた。

うん、これでひとまずは……。

「…………」

……いや、違う。

一人だけ違っていた。

そういえば、今までほとんど発言していない……。

「えっと……ゆっこ？　どうしたんだ？」

思わず、子供の頃の呼び方で呼んでしまったけど……。

妹の表情は、いつもの半目の、こちらをからかうようなニマニマ笑いではなかった。

あえて言うなら……無表情。

この場には似つかわしくない顔つきで、ずっと視線を落としたままだった。

しかし、俺の言葉に顔を上げたかと思うと、やがて、ゆっくりと口を開いて言った。

「ゆっこは……反対」

「……………………」

「……………………」

あまりに意外な言葉に、俺とつぶらはそろって固まった。

今までずっと俺たちの仲を応援してくれてたゆっこが……婚約には反対？

「「えっ、ええええええええええええええええええええっ!?」」

# 2 大人の階段を昇ってみせようか

それでも両家の親がＯＫしてるんだから、話を通すことは出来たのかも知れないけど……。

俺としても親としても、家族の反対を受けたとなったら流せはしない。ウチはそういう家だったし、それは初鹿野《はじかの》家の二人も異存ないようだった。

従って、話はいったん保留とする以外になく――

今日のところは、と顔合わせは散会になっていた。

なので俺はもちろん、家に帰ってすぐ妹に問いただした。

「どういうつもりなんだよ、ゆっこ！」

なんで反対なんかしたのか。今までずっと、俺たちのこと応援してくれてたのに、と。

ゆっこが俺の部屋に来ることは多いけど、俺がゆっこの部屋に入ることは少ない。

なんというか、いちおう気を遣って、みたいなところだったけど……今はそうも言っていられない。

「…………」

そんな俺に、ベッドに座ったゆっこは髪の毛を掻《か》き回《まわ》し、返事をしようとしなかった。

それでも俺が視線を注ぎ続けていると、やがて、

「…………だってさ～、婚約って言ってもさ……」

ようやく、応えてくれた。が、どこか放り投げるような口調で、

「今まで二人のこと応援してたし、今でもそれは変わらないよ？　だけど婚約となると、さすがにあたしも考えちゃったわけ」

「何を――」

「現実的な話。結婚自体はどう足掻《あが》いても二年後じゃないと出来ないでしょ？」

ゆっこは細い目で俺を見上げる。俺はその視線の冷静な正しさに貫かれ、一瞬言葉に詰まる。

「そ……そりゃまあ、そうだけど……」

確かに、法律でそうなっている以上、そこは現状どうしようもない。

俺たちもつらいところだ。どうしても、婚姻可能な年齢まで待たなきゃいけない。と思っていると、ゆっこはさらに目を細め、息をつきながらあぐらを掻いて、

「あたしはどうしても、そこが気になるわけ。ほら、あたし冷めてるし……」

「気になるって？」

「若いうちの恋愛なんて、どう転ぶか分かんないよ」

「ッ……」

「その間、二人の気持ちが変わらないって保証出来る？」

ゆっこの冷淡なその指摘は――一瞬、頭に来かけた。

出来るさ！と怒鳴りかけた。

でも――と、俺は寸前で踏みとどまる。そして言った。

「そっか……ゆっこ、そういうのを心配してくれてたのか……」

「ん～、まぁ……だからおにい――」

「ごめんな。それって、俺たちがまだまだまだだからだよな」

「へ？」

真摯に、頭を下げた。

そう。俺たちの付き合いがまだまだ全然未熟だから、ゆっこに「本当に正式な婚約なんかしちゃって大丈夫なの？」と思われてしまってるんだ。

なら、腹を立ててる場合じゃない。むしろ申し訳ないところだった。今まで俺たちの仲を親身に世話焼いてくれていたゆっこに対して。

「そうだ！　それじゃあさ、ゆっこ」

だから俺はポンと手を叩《たた》き、一つの提案をすることにした。

「明日さ、俺とつぶらのデートについてこないか？」

「…………」

というわけで、翌日。

休日の人出に賑《にぎ》わう駅前の一角で、つぶらと合流すると――

「ゆっこ、今日は一日、俺たちのいちゃいちゃっぷりを見ててくれ！」

俺は高らかにそう宣言した。

大声だったもんで、行き交う人たちにちょっとギョッとされてしまったが、今はそれはそれだった。俺的には、宣言してみせなければいけないところだった。

そう――ゆっこに心配されているなら、安心してもらうしかない。

そして考えてみれば、今までゆっこの前で俺たちがいちゃついてみせたことってほとんどないのだ。

そりゃ、不安になるに決まってる。本当に大丈夫？　なんて思うに決まってる。

でも――

「俺たちのラブラブっぷりを見てもらえば、ゆっこだって納得してくれるよな？」

と、要はそういうことだった。

「……ん～、まぁ……」

「ってわけで今日はよろしくな、つぶら」

「は、はい、任せてください、望むところですっ」

つぶらは昨日突然「こういうことになった」と知らされたわけだが、ありがたいことに、抵抗を示すどころかやる気満々だった。

顔を真っ赤にして、両手をグッと握りながら、

「悠伊《ゆうい》の目から見ても私たちの仲が盤石《ばんじゃく》なら、なんの心配も要らないってことですもんね！」

「そうそう。だろ？　ゆっこ」

「……おにいとつぶってつくづくお似合いだよね」

「お、そうか？　ハハハ、ありがとう～」

「ふ、ふふっ、そう言ってもらえると、自信が持てますね、先輩っ。なので――」

むぎゅっ！

とそこでつぶらは、出し抜けに俺の腕を抱いてきてくれた。

それも、ただの抱き方じゃない。ここ最近定番になってきた、胸に深く抱き入れ、二つの膨らみの間に埋め込んでしまうような密着感たっぷりの抱き方で……。

「おあぁ、つぶら……」

そのあたたかな柔らかさに、俺は速攻で陶然となってしまう。

「やばい、やっぱこれ幸せすぎるって……」

「は、はい、そうですよね。先輩はその、み、密着するのがお好みですもんね」

「つぶらと、な」

「はいっ、わきまえていますっ……私以外の女の子と、密着なんかさせません……す、隙

間がないくらいにくっついて、私が先輩の彼女なんだと一目瞭然に分かってもらうん、ですっ」

やはり周囲に人がたくさんいる状況ということもあって、耳まで赤くなりながら、しかし一生懸命にそう言ってくれる。

と同時に腕をますますギュッと、というかムニュッと抱き入れてくれるから、俺はなんだかもう嬉《うれ》しさと愛《いと》しさで溶けそうだ。

「わ、私だっていつまでも、ただ恥ずかしがってばかりじゃないんですよっ」

「うん……すげー感じる、つぶらの想《おも》い……」

「先輩……」

「……それと、柔らかさも」

「も、もう先輩、それはわざわざ言わなくていいですっ。いえ、言いたくなる気持ちも分かりますけど。そう言うことで私の反応を引き出して、この密着感をますます噛《か》みしめたいんですよね」

「ははは、全バレだ」

「分かりますよ。……か、彼女ですもん」

「うん……ありがとう、分かってくれて……」

「せ、先輩も、分かってくださってますよね」

「分かるよ。……つぶら今、めちゃくちゃドキドキしてくれてる」

「はい……ふ、ふふっ、ばれちゃってます……」

「はは……」

あ～やばい、俺たちめちゃくちゃ想《おも》いが通じ合ってる……。

と二人で噛《か》みしめ合って、そして「どうだ！」とばかりにゆっこに振り向いた。

「あ～うん……ハイ……めっちゃ初々しいね」

ゆっこは半目で髪の毛を掻《か》き回《まわ》し、応えた。

「二人でドキドキし合えるのが幸せ～、みたいなさ」

「お、分かるか？　そう思ってもらえるか？」

「で、でしたら問題なしですね、先輩っ。私も恥ずかしいのをこらえてやった甲斐《かい》が――」

「……でも人に見せつけるためのものってのが大きいよね、今の」

つぶらの言葉にかぶせるように、そう言い添えるゆっこだった。

「え？　ど、どういうこと？」

「そのまんまだけど……。『やりたくてやってる』以上に『人に見せつけるため』ってのがあるように見えるから、なんか自然じゃないなって」

「……………！」

「婚約するようなカップルだったら、そういうのは自然にやれるもんなんじゃないの～、とかさ……一般論だけど……」

「な……なるほど……！」

ゆっこの声は相変わらずの脱力した調子だったけども……しかし俺の胸には、それが雷鳴のように鳴り響いた。

「た、確かにそのとおりかも知れないな、つぶらっ」

「は、はいっ、言われてみればっ……」

つぶらも目を見開き、コクコク頷《うなず》く。

ゆっこの冷静かつ客観的な視点は、ともすれば主観的な感情に流されがちな俺たちにとってとても意外で、かつ有益なものだった。

こ、これはもっと参考意見を聞いて、改善出来るところはどんどん直していくのがいいのかも知れない！

「いやまぁ……周りに人もめっちゃ行き交ってるし、あたしも真ん前で見てるんだから、それは当たり前なんだろうけど……」

「いや、そうかも知れないけどありがたい意見だって！」

「よかったら、もっといろいろ指摘してもらえる!?　悠伊《ゆうい》っ」

「ああ！　俺たち直していくからさ、ゆっこに安心してもらえるように！」

「………………」

「ん？」

ゆっこはそこで、なんとも言えない顔をした。

クシャッとしかめるような、何かをこらえるような――

が、それは一瞬で消え、いつものボヤッとした半目にすぐ戻ると、

「ん～、じゃ～さ～……」

「あ、ああ、なんでも言ってくれ」

……今のは何か考え込んでた顔だったのかな？

そういうことなら、とにかく聞くしかないけども。

「どうせ見せつけるんなら、肩抱いて引き寄せてチューとかすれば～……？」

「「なっ……!?」」

とんでもない意見が飛び出してきて、俺とつぶらはそろって絶句してしまった。

「な、ななな何を言ってるんだよ、ゆっこ！」

「そうです！　さすがにそれはっ……やりすぎというか私たちにはまだ早いというかっ」

「あ、まだ唇同士のチューはしてないんだ。やっぱり」

「それは……まあ……」

「ほ、頬《ほお》には、あるけど……」

「……あたしだったら即チューするけどな」

「「なっ……!?」」

「一番手っ取り早い『特別』だし、そうするのが自然になればなるほど、まぁ……」

「よ、より婚約するに相応《ふさわ》しいカップルらしい、ってことだなっ」

「……ゆっこならおにいにそれくらい許すけどって」

「な、なるほど……ありがとう悠伊《ゆうい》、で、でも……」

ゴク……と目を合わせるつぶらと俺。

もちろん、俺たちは色々なことを、少しずつ覚えていこうという約束も交わしている最中だ。その中にはキスだって当然入ってはいる。いるけども……。

「じゃ、じゃあ……して、みるか……？」

「は、はひっ、別におかしくないですよね、私たち婚約しようなんていうカップルなんですからっ」

「う、うん、ゆっこもこう言ってるし……」

「ちょ……挑戦、しましょう先輩っ。わた、私、頑張りますからっ」

と言い合いながらも、緊張が隠せない俺たち。

いや、だって！　俺たちの感覚的には、唇同士のキスってなんか一足飛びに進展するような感じなんだもん！

しかしゆっこの意見は参考にしたいし、カップルとしてきちんと進展し、認めて欲しいという思いがあるのも確かで。

ここは……チャレンジするしかない！

「な、なら……つぶらっ」

「んンっ……」

指先までドキドキしてる手で、それでも出来る限り自然に彼女の肩を引き寄せた。

ビクッ、とつぶらは身体《からだ》を固くし……しかし、それでも懸命に俺に身を委ね、おずおずと見上げてくる。

「せ、先輩……」

「うん……」

見つめ合う。

どきん。どきん。どきん。心臓の鼓動がうるさいくらいで。

それでも俺たちは少しずつ顔を近づけ――

「……………」

こんな駅前で……人目もはばからず……あげくゆっこに見られながら……。

「――ふあああぁっ!?」

同時に身体を離してしまった。

いや、無理だって！　恥ずかしすぎるし緊張しすぎる！

「だ、だだだ駄目ですっ、これは私たちにはまだ早すぎますっっ」

「ああっ、ああっ、ちょっとハイレベルすぎるっ……まだこの境地にはいけないっ……！」

つぶらは耳まで真っ赤で、俺もたぶん同じだろう。そして二人そろってもう息も上がってしまっていて、情けないけど本当にこれ以上は無理だった。

「……まだまだだね」

ゆっこはへらりと笑い、そして何も言い返せない俺たちだった。


その後も場所を変え、色々やっては見せたものの……。

結局、この日のデートでは何一つゆっこに納得してもらえることは出来ず、今日のところはとつぶらと別れていた。

「う〜ん……俺たち、まだまだ全然カップルレベルが足りないんだろうか……いや、でも……」

と、その夜。自室で考え込んでいたところ。

プルルルルッ！　と不意に電話が鳴った。

番号を見ると……えっ、お母《みさお》さん!?

なんだろう、珍しい——というか初めてだな。

「も、もしもし？」

『初鹿野《はじかの》と申します。こちら、星井出功成《ほしいでこうせい》さんの番号でよろしいですか』

電波越しにもあの鋭いまなざしが目に浮かぶような、まったくもっていつもどおりの生真面目な物言い。お母さん以外の何物でもなかった。

「はい、功成ですけど――」

『ではさっそく本題を。……旅行に行きませんか？』

「……はい？」

これまた唐突すぎて頭が追いつかなかった。

『春休みに入ってすぐ、二泊三日で』

「えー、っと？」

『正確には、私とつぶらの二泊三日の家族旅行に、お付き合いいただけませんか、ということです。さらに正確に言うと、私の仕事の用事につぶらを付き合わせてしまう形ですので、つぶらの相手役として、功成さんもご一緒していただけませんか、ということです』

「は、はあ、お仕事の用事ですか」

『はい。私の郷里の、山梨の方まで。土と窯《かま》の様子を少々』

そういえば、お母さんは陶芸家なんだっけ。土と窯の様子を見に行くとかいかにもそれっぽいな。

そしてそれが数日かかるんだったら、いっそ、と娘も同行させるのは分からないでもないけども。

「……それって俺も行っちゃって平気なんですか？」

『むしろ、是非に。お誘いしたのはこちらですので、費用は全額持たせていただきます』

「えっ？」

そ、それはかなり嬉《うれ》しい。情けないけど切実なところだし。

いや、決して金がないわけじゃない。お年玉の大半は、まだ使わずに貯《た》めてあるし。

もちろんそれはつぶらとのデート資金に、と思っていたわけなんだけど……でも、それ以上の使い道が出来ちゃったんだよな。

とりもなおさず、婚約指輪の購入である。正式な婚約には欠かせないし、俺も是非に贈りたい。俺との将来の約束の証《あかし》を、つぶらがいつも身につけてくれてる……なんて、そんな最高なことはないし。

とはいえ、婚約指輪となるとさすがにお年玉の残りだけでは心許《こころもと》ない。だから春休みに入ったら、とりあえずバイトをしまくろうなんて考えていた。

が、そこに降って湧いたような旅行の誘い。しかも費用はあちら持ち。嬉しいしありがたい、ありがたいんだけども……。

「で、でも、いくらなんでもそれはちょっと申し訳が……それに、俺は春休みは――」

『お嫌ですか？』

「そ、そういうわけじゃないんですけど！」

そう、行きたくないわけじゃない。むしろ行きたい。けど、いいのかな感がすごくて。

と思っていると、お母さんは電波の向こうでギンッと眼光を光らせて（たぶん）、

『是非お連れしたいところがあるのです。これは、功成《こうせい》さんとつぶらの正式な婚約にも必要なことだと考えます』

「え……？」

『悠伊《ゆうい》さんには反対されてしまいました。ですが私は功成さんのママになることを諦めていません』

「い、いや、はい、ありがとうございますっ――」

この人はつくづく、ママにこだわりがあるのな……つぶらからは「お母さん」って呼ばれてるからだろうか？

などと思っていると、

『ですから、まずは外堀を埋めるべきだと私は思います。この旅で既成事実を作ってしまいましょう』

「ちょっ、そ、それどういう意味ですか!?」

既成事実って……えっ？　つ、つまり結婚するしかないような……要するに出来ちゃったりするようなことをしちゃえ、ってこと!?

「い、いやっお母さん、さすがにそれはっ――」

『私をママにしてくださいね』

「だからお母さん⁉」

この文脈でその言い方はマジでそういう意味にしか聞こえませんから！

『お嫌ですか？』

「そっ……それは……」

再びの問いかけ。そんなことはない。ないけども！

いいのかそれ……という思いは、正直……。

だってつぶらとはそういうことは二年後にって話をしてるし……。

いや、少しずつ覚えていこうという話もしてはいるけども……。

『つぶらは賛同していますが』

「……えっ？」

『替わります』

『――も、もしもし、先輩？』

と、そこで電波の向こうの相手がつぶらに替わる。

『いきなりすみません、お母さん、急に思い立ったみたいで』

「あ、いや、それはいいんだけど……その、つぶら？」

『はいっ。よろしければ先輩、ご一緒していただけませんかっ。私もこの旅は、私たちの今後に必要なことだと思います』

「——っ！」

つ、つぶら、それって……！

「い……いいんだな？　その、出来ちゃっても……」

『は、はい、いいえ、私も今回で何もかもとはさすがに思っていませんけど……』

……そ、そりゃそうだよな。いくらなんでも急ぎすぎだ。

が、しかし。

『けど……一緒に、い、い、い、しましょう、先輩っ』

「——ッ！」

つぶらのその言葉に、気が遠くなるかと思った。

そ、そこまで覚悟決めてくれちゃってるのか、つぶら……！

だとしたら俺も躊躇《ためら》ってる場合じゃない。愛《いと》しい彼女の想《おも》いに応えるのが、男の務めってやつだ！

「わ、分かった！　行くよ俺！」

『ありがとうございますっ！　それでは、なにとぞよろしくお願いいたしますっ』

「ああっ……ああっ……！」

と意気込んで返事して、そこで気がついた。

「ただ、そうだつぶら。もう一度お母さんに替わってもらえるか？」

『あ、はい、少々お待ちください――』

『替わりました』

「ありがとうございます。ええとですね、お母さんっ」

『ママですよ』

「いえそれはまだ早いですからっ……早いから、ですね？　いっそのこと――」

そう。この旅がそういうことなら、これはきっと欠かせない。

「その旅行に、妹も連れて行っていいですか⁉　妹の分の費用は俺が出しますから！」


俺から旅行の話を聞くと、ゆっこは意外そうにきょとんと目を大きくした。

「……どういうこと？」

「だから、俺たちの旅行にゆっこもついてきて、いろいろと見てくれってことだよ」

ベッドの上にあぐらを掻《か》いているゆっこに、俺は表情を引き締めて告げる。

「今度こそ、ゆっこに納得してもらえるように頑張るから！　この旅の間に、一段進歩した俺たちを見て欲しいんだ」

「…………」

「旅費は俺が出すから心配するな。とにかく、俺もつぶらもゆっこに納得して欲しいんだよ」

お母さんは「まずは外堀を埋めるべき」と言ったけど、俺的には、いっそのことその外堀を埋めるところも見て欲しい。

この妹に納得してもらうためには、それくらい率直かつ真摯でないといけないと思ったのだ。

その考えを先ほどつぶら（再びお母さんから替わってもらった）に伝えたところ、彼女も強く賛同してくれた。

であらばなおさらに、だ。

春休みにバイトして稼がねばいけない金額は結果的に増えたけども、それもそれだ。指輪も大事だけどゆっこからの同意も大事なんだから、ここは出し渋りしてる場合じゃない。なにより、ゆっこの分までお母さんに出してもらうわけにはいかないし。

「……進歩出来る自信、あるんだ？」

ゆっこは頭から手を離すと、目を細めてへらっと笑った。「ホントに出来るの？」とでも言いたげな、挑発するような表情だった。

俺は当然、力を込めて頷《うなず》く。

「大人の階段、二人で昇ってみせるさ」

つぶらとの「しましょうね」という約束を胸中で噛《か》みしめれば、必然、口元もさらに引き締まってしまう。

そんな約束を交わしたこと自体が既に今までと違うんだから、いざコトに及んだあとならばもう、ゆっこもビックリの進展ぶりを見せられるに決まってる。

「ふ～ん……まあ、旅行中につぶと何をどうするつもりなのかは聞かないけど……」

ぽふん、とゆっこは後ろにひっくり返り、そのままモソモソうつ伏せになって枕を抱え込んだ。

そしてそれに顔を埋《うず》めると、

「……おにい、そんなにゆっこのことほっときたくないんだ？」

目だけで俺を見上げ、そんなことを聞いてきた。

「え？　ど、どういう意味だよ」

「おじいちゃんやお父さんたちは二人の正式な婚約に賛成してるんだからさ。ゆっこ一人の反対なんか、スルーしちゃえばいいのにってこと」

「……何を言ってんだおまえは」

俺は呆《あき》れた顔になってしまう。

「ほっとけるわけないだろ。むしろゆっこだからこそスルーなんか出来ないよ」

それは両親だって、初鹿野《はじかの》家の二人だってそうだ。だから昨日のところは全会一致で、保留ってことになったんだし。

何より俺自身、ゆっこにそんなことを聞かれただけでも心外といった気分だった。

「大事な妹《かぞく》なんだからさ」

「…………」

ゆっこはそこで、モソッと顔を全部枕に埋《うず》めてしまった。

「……ゆっこ？」

「おにい」

「ん？　なんだよ」

「呼んだだけ～……」

「なんだそりゃ」

「……んふ」

顔を上げた。目を細めて笑っていた。

「いいよ、行ってあげる」

「お、ホントか？」

「ただ、覚悟しておいてよね～。ゆっこ、なんか気になるところあったらビシバシ突っ込んじゃうから」

「ああ、望むところだよ」

「……んふふ」

「いや、お手柔らかにお願いしますってところだけど……」

「それは無理かな～……♪」

＊　＊　＊

おにいが部屋を出て行っても、あたしはしばらく枕に顔を埋めたままでいた。

「……んふ、んふふ」

どうしても、笑ってしまう。まるで感情が、留《とど》めようとしてもあふれてきてしまうみたいに。

——ほっとけるわけないだろ、だって。

——むしろゆっこだからこそスルーなんか出来ないよ、だって。

昨日の顔合わせをあんな風に台無しにしてしまった、あたしのことなのに。

おにいもつぶも、相当困ったはずなのに……。

なのにおにいは決して怒ったりすることなく、ああ言ってくれて。

だからあふれるに決まっていた。

笑ってしまうに、決まっていた。

ああ、あたしはキモい。

でも——もう、引き返せない。

ずっと二人を応援し、仲を取り持つようなことをしてきたくせに、正式な婚約には反対してしまった以上。

「……梅《うめ》ちゃん」

あたしも、このままじゃいけないって。

「はるまれ先輩……」

二人みたいに、って。

そうしなくっちゃいけないのかなって……少しでも、思ってしまった以上。

旅行中、おにいとつぶがどうするつもりなのかは、分からないけど……。

どれくらいのことを、あたしの前でしてみせるつもりなのかは分からないけど……。

あたし——ゆっこはそれを目の当たりにして、玉砕しなきゃいけない。

いけないのに。

「……んふふ」

さっきのおにいの台詞《せりふ》で、どうしてもまたゆっこは笑ってしまう。

ひょっとしたら——なんて、思ってしまう。

そんなわけないのに。

つぶに勝てるわけ、ないのに……。

＊　＊　＊

テスト返却期間も終わり（ちなみに俺の成績はまあ、普通だった。一方つぶらは学年2位だったらしい。さすがだ）、卒業式。俺たち高等部生は在校生を代表して、卒業していく先輩方を見送った。

俺からすると一も二もなく、その対象は稀《まれ》先輩ということになるんだけど……。

「うあぁぁあ〰〰んっ、みーやぁ、卒業しても会おうねぇぇえ〰〰っ」

体育館を出てきた稀先輩は、美化委員長さんと抱き合って号泣していた。

意外なことに……いや、別に意外じゃないか。稀先輩はこういう、情に厚くて素直なところがあるもんな。

「ぐす……そうだよね、卒業したら今までみたいには会えないもんね……」

なんて、俺の隣では小津《おづ》がもらい泣きしていた。こういうところがつくづく小津である。

というか、俺もなんかつられて目頭が熱く……。

「みんなそろってちょろいことだ」

と一人、冷静な九郎《くろう》がいたので、なんとか堪《こら》えられたけども。

「あっ……こ、功成《こうせい》くんたち」

と、そこで稀《まれ》先輩は俺たちに気付き、美化委員長さんと別れて駆け寄ってきた。

「アハハ……な、なんか恥ずかしいところ見られちゃったね」

目尻を拭いながら、照れくさそうに苦笑を浮かべる。そしてぴょんと一つ跳ねると、

「アリガトね、お見送りしてくれて！」

切り替えるようにそう言って笑う。

なので俺たちも、笑い返して言葉を贈る。

「いえいえ……とにかく、ご卒業おめでとうございます、稀先輩」

「卒業してもお元気で……って、青原《あおはる》先輩のことだから元気そうですけど……あはは……」

「ひへへ、もっちろん！」

小津《おづ》の苦笑に、満面の笑みで応える稀先輩。そして髪の毛を指に巻き付けると、

「でね、でね？　功成くん」

「あ、はい。なんです？」

「アタシ、春休みにいい機会だから卒業旅行しようと思ってるんだけど……功成くんも一緒に来ない!?」

「えっ!?」

またこの人は唐突に爆弾を投下して！　卒業しても相変わらず——というか、むしろま

すます積極的だな！

「だ、ダメですよそんな！」

俺より先に小津が反応してくれた。他人事《ひとごと》なのに真っ赤になってるあたりがいかにも小津だった。もうすっかり、「そんなの普通だよね～」みたいなモテキャラ気取りは見せなくなっているし。

「ふむ、ついでに功成も色々と卒業しないか、というお誘いですか」

そして九郎《くろう》が余計な補足を入れてくれた。その情報、ますます困るから！

「ま、まあ、そんなカンジ……で、ど、どう⁉　功成くん！」

「どっ、どうもこうもないですって！　申し訳ないですけどお断りさせてください！」

「……一緒に旅行するだけでも？　やっぱり初鹿野《はじかの》に義理立て？」

「もちろんそうですけど……それ以前にですね」

と、俺は少し胸を張って、

「実は俺、すでにつぶらと旅行の約束が入ってるんですよ」

「「えええっ⁉」」

稀先輩と小津の声が重なった。

「それも春休み初日から」

「「えええええっ……⁉」」

俺が言い添えると、再度のハモリ。そして稀《まれ》先輩と小津《おづ》は勢いよく顔を見合わせ、

「こ、功成《こうせい》くんっ、それってっ」

「つぶらちゃんとっ……そのっ……お、大人の階段をっ……」

フッフッフ、と俺は余裕ぶっこいて腕を組んでみせる。

「まあ、ご想像にお任せしますよ」

「「…………！」」

「ほう、ついになにがしかの決意を固めたのか」

泡を食う稀先輩たちの一方、愉快げに笑みを浮かべる九郎《くろう》。俺は頷《うなず》き返して、

「まあ、春休み明けには、みんなに色々報告出来ると思うよ」

正式な婚約の報告とかな……！

けど、それは今はまだみんなには言えない。ゆっこには認めてもらえてないし、婚約指輪もまだだからだ。

だから、いろんな意味で春休みは勝負の時期になるはず。

いったいどう転ぶか。それも全て、俺たち次第だった。


そして一週間後。テスト休みを経て俺たちの終業式も終わり（ウチは私立なのでこの辺は公立校より若干早い）、春休みに突入した。

いよいよ、約束していた初鹿野《はじかの》親子との旅行の日、だった。

「よしっと……」

俺は旅行鞄《かばん》を抱え、気合い充分で市川《いちかわ》駅のホームに降り立つ。

「ん～」

後ろには、同じく旅行鞄を提げた妹のゆっこ。

「長い旅だった～……」

「いやいや、まだほんの数十分だしそもそもこれからだから」

つぶらたちとはこれから合流である。我が家（津田沼《つだぬま》）や初鹿野家（市川）からだと、山梨方面には新宿《しんじゅく》まで行ってから特急に乗り換えて向かうとのことで、この市川の駅前が待ち合わせ場所に指定されたのだ。

何度も経験してるけど、やっぱり彼女（たち、だけど。今日は。おまけにこっちは妹連れだけど）との待ち合わせって独特の心躍る感覚があるよな。

なので俺は足取りも軽くホームから降り、駅構内を通り抜ける。

以前のデートの経験を活《い》かし、待ち合わせ時間にはずいぶん余裕を持って着いていた。

だから今日は二人を出迎えられると思うけど……。

「あっ……せんぱーい！　悠伊《ゆうい》！」

「いらっしゃいましたね」

二人はすでに待ち合わせ場所の駅前にいた。

可憐《かれん》なワンピース姿のつぶらは、俺たちを見つけて笑顔で手を振ってくれて……お母さんは上品にして清楚《せいそ》な旅装で、俺たちの方を振り返って笑みを浮かべてくれていて。

「はは、お待たせしましたー！」

俺はついつい笑ってしまいながら、二人の下《もと》に駆けつけた。

結果的に遅れて来る形にはなってしまったけど、きっとこの二人は俺がどれだけ早く家を出ようと、先に待ち合わせ場所に着いて俺を待ってくれてる気がした。

だったらもう、俺は喜んで合流していくしかないじゃないか。

というか、ものすっごく胸が浮き立つな！　こんな綺麗《きれい》な二人に出迎えられて、これから一緒に旅に出るなんてシチュエーション！

「あ……先輩、今日の格好《かっこう》、素敵ですね」

しかもつぶらは頬《ほお》をバラ色に染めて、そんなことまで言ってくれる。

俺は嬉《うれ》しく照れ笑いしながら、頭を掻《か》いた。

「そ、そうか？　ハハハ、やっぱさ、二人とご一緒するならきちんとしてたいなって」

「は、はい、それはとてもよく分かります。なので私も……」

「うん、つぶらの格好もすっげー可愛《かわい》い！　前のデートのときの黒のワンピも似合ってたけど、今日の格好もめっちゃ似合ってる！」

思ったこともきちんと素直に言っておく。どれだけ付き合いが長くなっても、きっとこういうのは大事だ。

するると期待通り、つぶらはますます嬉《うれ》しげに微笑《ほほえ》み、身体《からだ》をくねってくれる。

「そ……そうですか、よかったですっ。ふふ、だって……これから三日間、先輩とずっと一緒なんですもんね」

「そうそう、だからどうしても、さ」

しかもその、なんだ。……大人の階段も昇っちゃおうってわけだし！

「はいっ……その、恥ずかしくない格好《かっこう》を、と……」

「そ、そうそう。ははは……」

「今日も通じ合っているようですね」

そんな俺たちのやり取りを、お母さんは目を細めて眺めてくれていた。ただし傍《はた》からしたら、睨《にら》みつけてるようにしか見えなかっただろうけど。

「つぶらは昨日、何を着ていこうか、どんな洋服を持っていこうか、ずいぶん長いこと悩んでいましたしね。報われてなによりです」

「そ、そうなんですか？」

「おおおお母さん！　それを言わないでください！」

そっか……と俺は改めて感慨深くつぶらの姿を眺める。

俺のためにそこまで……と噛《か》みしめていると、つぶらは耳まで真っ赤になって、

「べ、別にお洋服のことばかり考えていたわけじゃありません。車中で先輩が退屈しないようにカードゲームのたぐいも選んできましたし、お菓子や飲み物だってほら、このとおりですっ」

気合い充分で、至れり尽くせりだった。俺はもう顔中で笑ってしまう。するとつぶらは少し、身体を寄せるようにして、

「……悠伊《ゆうい》に認めてもらうためにも、です」

「ああ、うん……！」

と、俺たちはそろって、少し距離を置いてこっちを眺めていたゆっこに目を向ける。つぶらもきちんと、そこを考えてきてくれたらしい。なので俺はもう感慨深く、しみじみと言ってしまうのであった。

「……つぶらはよく出来た奥さんだなぁ」

「なっ……!?　そ、それはまだ早いですっ！」

なんて、真っ赤になって怒りつつも、

「と……とにかく、行きましょう先輩」

そそ、と俺に寄り添ってきてくれるつぶら。

「ここから新宿《しんじゅく》までは、普通の電車ですから普通に乗っているしかありませんけど……新

宿からの特急に乗っている間は、別ですからね。準備は万端です。その、きちんと指定席も取っていますので……隣同士で座れるように……」

「お、それは大事だよな」

「はいっ！　なんといっても二時間ほどの旅ですから、その間離ればなれではなんの意味もありませんもんねっ」

ああ、デートのときもそうだったけど……。

一緒にお出かけとなると、つぶらってテンション上がってくれるよな。

ほっぺはずっとバラ色で、瞳はキラキラと光を放っているよう。

それを電車に乗っている間中ずっと見ていられると思うと、ただひたすらに胸が躍る俺だった。

そうか、これが「彼女と旅行」ってやつの感覚か……！

すでに幸せなんだけど、これ以上が待ってる。その確信めいた予感は、俺のこともただただ高揚させてくれるのであった。

「よし！　それじゃ行こうぜ、ゆっこ」

「あ〜うん……」

ゆっこに声をかけ、意気揚々と歩き出す。

するとゆっこは、

「……ゆっこ、今さらだけどお邪魔じゃない？」

「へ？　何言ってんだ、そんなことないって。な、つぶら」

「はい。むしろ付き合ってくれてありがとう、というところです」

「ならいいんだけど……」

と言ったと思うと、にま、とほくそ笑んで、

「……じゃあ、覚悟しておいて」

そんな、意味深なことをささやくのであった。


そして四人で吊《つ》り革《かわ》につかまり、まずは新宿《しんじゅく》まで揺られて……。

「先輩、お隣同士ですっ。ふふっ……」

そして新宿からの特急に乗り込み、座席につくと、つぶらは頰《ほお》を紅潮させながら微笑《ほほえ》んだ。

もちろん、もう一列分のシートを回転させてボックス席状にも出来たので、つぶらと隣り合わせというだけでなく、お母さんとゆっこも向かい合わせの完璧な布陣だ。

そうして電車が走り出したところで、俺は改めてお母さんに頭を下げた。

「ホント、今回はありがとうございます、お母さん。こんな風に誘ってもらっちゃって」

「これはむしろ私がお願いしてのことですから」

俺に応えながら、ギロッと音がしそうなほどの眼光で睨《にら》んでくるお母さん。

かと思うと、俺の隣のつぶらにその視線を注いで、

「それより、つぶら。あなたは特急に乗ったら、功成《こうせい》さんにして差し上げたいことがあったのでは？」

「あ、はいっ……先輩っ、お菓子はどれを召し上がりますか？」

フンスッ、と気合いを入れると、つぶらは鞄《かばん》からお菓子の詰まったコンビニ袋を引っ張り出してきた。

中身は甘いのやしょっぱいの、色々取り混ぜてだ。無駄な戦争を引き起こさないようになのか、きのことたけのこ両方入っているのにはちょっと笑ってしまった。

「お、そうだな、悩むなー……っていうか、つぶらって普段お菓子とかほとんど食べないんじゃなかった？」

「あ、はい、そうなんですけど……」

と、つぶらは少し恥ずかしそうに視線を外し、チラッとお母さんの方を見て、

「……今日は特別なので、許可をもらいました」

「許可しました」

コクン、と頷《うなず》くお母さん。

「功成さんに喜んで欲しい、一緒に旅を楽しみたい、旅の醍醐《だいごみ》味的なものを味わい合いた

い、つきましてはお母さん……と言われてしまえば、こちらも許可を出す以外にないでしょう」

「で、ですからお母さん！　わざわざ暴露しなくてもいいんですっ」

「私が言わなかったとしても、つぶらがそのうち勝手に暴露していたと思いますが？」

「う……そ、それはそうかも知れません」

俺も同感だった。つぶらってばとにかく、「自分がこう行動したのはこう感じたから」ってのを説明してくれる子だからなぁ。

「まあ、そこがつぶらの可愛《かわい》いところですからね。俺は大好きです！」

「あぅあ……せ、先輩っ……」

つぶらはギュッと身体《からだ》を縮め、豊かな胸に手を当てて何かを噛《か》みしめたかと思うと……。

「もうっ！　そんな嬉《うれ》しいことを仰《おつしや》っていただけたら、私だって先輩のそういうところが大好きです、と態度で表明したくなるじゃないですか！」

怒ってるんだか喜んでるんだか分からない言い方も、俺の好きな『つぶららしさ』だった。

そしてそれをつぶらも分かってくれてるんだろう。俺が笑ってしまっていると、やがてムスッとした（ように見える）顔でポッキーの箱を開け、

「はいっ、あーんしてください先輩！　もう、もう、先輩に食べていただかないと気持ち

が収まりません！」

んっ、と一本、差し出してくれた。

「あーん、はむっ！」

俺は一切のためらいなく、つぶらの指ごと食べる勢いでかぶりついた。

「あ……も、もう、先輩」

「あはは、勢いよすぎたか？」

「い、いえ、それくらい食べたかったということなんですよね。その、正直、即座にも程がありましたし、期待以上の勢いだったので、すみません、私、胸がドキッとしてしまって……」

「だったらこれで正解だったな」

「ふふ……もう、本当に、先輩ったら」

少しくねりながら、身体《からだ》を寄せるようにして喜びを示してくれるつぶらだった。

「でしたら、目的地に着くまで、私もこうして食べさせて差し上げるのが正解ですよね……♪」

「せっかくの旅行なんだもんな、しなきゃだよな」

「はいっ！　ふふっ、ふふふふっ……」

ああ、なんかいいな、こういうの。

一緒に電車に揺られながら、同じくすぐったさに笑い合う。「はいあーん」自体は弁当のときなんかでもおなじみだったけど、シチュエーションが違えばまた新鮮というか……。

「で、では先輩、もう一本――」

「ふ～ん」

「ん？」

とそこでゆっこが向かいから手を伸ばし、つぶらの手元からポッキーを抜き取った。

それを自分で食べるのかと思いきや。

「ほい、おにい」

差し出してきた。

「……へ？　食べろ、ってことか？」

「ん～」

半目でこくこく頷《うなず》く。

「まあいいけど……はぐ」

つぶらからのものと妹からのものじゃわけが違う。特に構えることも考えることもなく、ごくごく普通にかぶりついた。

その途端、ゆっこはニマ～ッと笑みを浮かべた。

「ほら、つぶ。これくらいあたしでも出来るし」

「…………！」

ショックを受けたかのように固まるつぶら。

あ……し、しまった、俺はよく考えず余計なことをしてしまったか!?　ゆっこのやつ、まさかそれが狙いだったとは……！

「はいあ～ん程度で婚約者気取られても困るなぁ～」

「なるほど。確かに」

ゆっこのその指摘に、こくり、と真顔で頷《うなず》くお母さん。

「むっ、むぐぐ……むぃぃぃぃ……」

一方、つぶらは悔しげに歯嚙《はが》みし、うめき声を漏《も》らす。

なので俺は慌てて、

「い、いや、つぶら？　今のはほら、深い意味はないから！　つぶらからのとゆっこからのじゃ比べものにならないというかっ――」

「先輩！」

「は、はいっ！」

ひさびさにつぶらの眼光にビクッとさせられてしまった。

「でッ、でしたら私は……こ、こうですっ！」

シュパッ、と勢いよく再度ポッキーを箱から引き抜くと、つぶらはそれを口にくわえた。

かと思うと、そのまま「んっ」と唇を突き出して……。

「ど、どうじょ、しぇんぱい」

「……えっ!?　これを食えってこと!?」

「〰〰〰〰っ！」

狼狽《ろうばい》した俺が確認すると、耳まで真っ赤になって、こくこく頷くつぶら。

これっていわゆるポッキーゲームの体勢じゃないか！　下手したら唇同士が触れ合いかねないのに……！

「む、無理するなって、つぶらっ」

「無理りゃありまひぇん！」

んんっ！　と目を瞑《つぶ》り、さらに唇を突き出してくる。

かと思うと、横目でゆっこをチラチラ。

「おお〜……つぶ、やるなぁ……」

な、なるほど、ああ挑発されては後に引けないってことか……！

つぶらも結構負けず嫌い……いや、ここは決して負けられない、という状態だと思ってくれてるってことだ。

だったら俺もここは覚悟を決めるしかない！

「つ、つぶら、なら行くからなっ……」

「ふぁ、ふぁい、しぇんぱひ……きてくだひゃい……」

「あ、あぁぁ～……」

「っっ……ん、んん～っ……」

ああ、ドキドキする！　めっちゃドキドキする――

まるっきりキスの前哨戦《ぜんしょうせん》というか、疑似行為というか……

――ポキッ！

「ンぅっ」

だからといってここで唇まで触れ合わせては、あまりにももったいないというか、恥ずかしすぎるというか、だった。

なので俺はちょうど中間点で折れるように顔をひねり、ポッキーの半分を食べた。

「は、はんぶんこってことで」

「ふぁ、ふぁい……あむ……」

それでも、今までにない照れくささと嬉《うれ》しさ。俺たちは互いに視線を外しながら、口内の甘みと香ばしさを噛《か》みしめた。

――ヤバい。ものすごくドキドキする。

「…………」

これで本当に唇同士を合わせたら、どれだけ……と、つぶらも考えているのが分かる表情。

これは、ある意味ゆっこのナイスアシストだった。ありがとう、ゆっこありがとう……！

「……ん～まぁ、いいんじゃない？」

俺たちを眺めていたゆっこは、やがてそう言って、残りのお菓子を物色し始めた。

ひとまず、納得してくれたらしい。やれやれというところだった。

……ところが、だ。


電車と送迎バスを乗り継いだ二時間強の旅を経て、俺たちはようやく目的地である温泉宿に到着した。

まだ新しい、綺麗《きれい》でおしゃれな宿だった。広く豪華なロビーに入っただけで、「おお……！」みたいな気分になってしまうほどだった。

「お待ちしておりました、初鹿野《はじかの》先生」

そしてそんな俺たちを、支配人さんとおぼしき中年男性が出迎える。

というか、は、初鹿野先生？

「お世話になります」

お母さんは普通に頷《うなず》いて応えた。すると支配人さんは恐縮しきったような様子で、

「いえいえ、それはこちらこそです。先日ご納品いただいたあちらの壺《つぼ》も、以前からのも

のも、おかげさまでお客様方から大変ご好評で……」

「それはなによりです」

ってことは……あそこに飾ってある豪華で高そうな壺《つぼ》は、お母さんが焼いたものってことなのか？

聞いてはいたけど、お母さん、本当に陶芸家だったんだなぁ……なんて思ってしまった。

支配人さんとの会話も「なんてことはない」みたいな感じで、ちょっと、いやかなり格好《かっこ》いい。

そうして俺たちは仲居さんに、泊まる部屋まで丁重に案内された。

こちらもやはり、予想していた以上におしゃれで豪華な、洋室と和室の二間続きの部屋だった。

しかも半露天の、源泉掛け流しの温泉付きだ。いわゆる内風呂に当たるんだろうけど、規模的にはいわゆる貸し切りの家族風呂的なものと同様だろう。

まさか温泉までついてる部屋なんて……！　と思わずテンションが上がってしまう俺だった。

「す、すごいなお母さん。こんな宿で先生扱いされてるなんて」

思わずつぶらに耳打ちしてしまった。

「お母さんはああ見えて、こういった仕事を取ってくるのが得意なんです。押しが強いといいますか、売り込みが上手といいますか……」

「ああ、まあ……あの眼光に射すくめられたらたいていの相手は頷《うなず》かざるを得ない感じだもんな」

と視線を向けると、お母さんは眉を寄せながらこくんと頷いて、

「それでは、今日のところはくつろぐとしましょう」

「あ、はい、了解ですっ」

思わず俺も背筋が伸びてしまったりして。

「それでは、とりあえず浴衣に着替えましょうか。どうぞ、お母さん。先輩、悠伊《ゆうい》も」

お母さんの言葉を受け、つぶらが浴衣と羽織と帯のセットを配ってくれる。

「ああ、ありがとう……なら俺は隣の部屋で――」

「じゃあおにい、見て見て～」

着替えてくるからみんなはこっちで、と女性陣を見回したところで、
すぽぽぽん！

「なっ⁉」

ゆっこがいきなり服を脱ぎ始めたので、思いっきり泡を食ってしまった。

「な、ななな何やってんだよ、ゆっこ⁉」

「早くおにいに浴衣に着替えたとこ見せてあげたいなって」

下着姿でほくそ笑む。ゆっこってわりと着痩せするよな……服着ててもムチムチしてるけど、脱ぐとなんかもう出てるところのはち切れんばかりの肉感がすごい……じゃなくて！

「ゆ、悠伊《ゆうい》、いいから隠して！　だからってはしたな過ぎる――」

当然、つぶらも真っ赤になって止めに入る。しかしそれに被《かぶ》せるように、

「つぶより先に見せて『似合ってる』って言われたいし～」

「………！」

ゆっこにそう返されて、ビクッと背筋を伸ばすつぶら。

「～～～～っ！」

かと思うと眉を寄せながら、自分もいそいそと浴衣セットを抱きしめて、

「わ、私も着替えます！　先輩、見てくださいね！」

「えっ、着替えてるところを!?」

「ちちち違います！　着替え終わったところを、ですっ！」

「そ、そりゃそうだよな！　ごめんごめんっ――」

「ゆっこはこのまま見てもらってても構わないけどな～」

「構わないわけないでしょう!?　ほら、隣の部屋に行ってて……」

結局、半裸のゆっこを引っ張って、隣の部屋に行ってしまった。

俺は胸を撫《な》で下《お》ろし……そしてそこで、お母さんと目が合った。

「……悠伊さん、つぶらと張り合ってらっしゃるんでしょうか」

お母さんは眉を吊《つ》り上《あ》げ、小首を傾《かし》げながらそう言った。

……確かになんか、そんな感じになってきたような。

いや、でも、そうすることでつぶらにもっと色々させたい、ってことなんだとは思うけど……。

「それはともかく。功成《こうせい》さん」

「あ、はい――」

「ママの着替えは見ますか？」

「見ませんって！」

ゆっこのつぶらに張り合うような行動は、その後も続いた。

例えば、最初だから大浴場に行こうと、みんなで風呂に入った（といっても、もちろん別々にだけど）あと――

「お～にいっ」

先に出た俺が、浴場への出入り口のところで備え付けのウォーターサーバから水を飲んでいると、女性陣の中でゆっこが一番に女湯から飛び出してきた。

「おう――ってちょっと待て！」

ゆっこは襟元を大きく開け、火照った胸を半ばまで露出したとんでもない格好《かっこう》だった。

「おまっ、しまいなさい、胸！」

「んふ、お風呂上がりの色っぽさをおにいに真っ先にお届け」

「そういうのいいから！」

「つぶが来ない、今のうちだけだよ？」

「おまえなあっ……」

ああっ、なんだろうこの罪悪感！　つぶらに対してのものもあるけど、それ以前に――

（発育いいのは分かってたけど……くそう、見せつけられるとついっ……！）

そう。中学生の妹の胸に思わず目を惹《ひ》かれてしまったという、兄として何か大事なものをなくしてしまったこの感じ！

「ちょっと待ちなさい悠伊《ゆうぃ》っ――ああっ、やっぱり！」

そこでつぶらも飛び出してきた。こちらは浴衣をきちんと着込み、羽織も着込んでいる。

それにちょっとホッとさせられるも……。

「胸をしまいなさい、はしたない！」

「……つぶはおにいに、『湯上がり色っぽいな』って思って欲しくないの？」

「えっ……そ、それは――」

「あたしは思って欲しいから、頑張れる。つぶは頑張れない。……んふ、あたしの勝ち？」

「む、むいぃ、んんぅむいいぃ……っ!?」

ばばっ！　とつぶらはそこで羽織を勢いよく脱いだ。

ゆ、浴衣の布地が思いっきり張り詰めた胸の膨らみがどーんと……！

「……〜〜〜っ!?　ご、ごめんなさい先輩、これ以上は無理ですっ……！」

俺の視線に気付くと、ガバッと胸を覆《おお》って真っ赤になるつぶら。俺は慌てて、

「い、いや大丈夫！　大丈夫だから！　いいから羽織着てくれ！　というかゆっこ！　おまえどういうつもり——」

「部屋か〜えろっと」

「あっちょっ……おおおーい！」

行っちまいやがったし！

その一方、つぶらはもうしゃがみ込みそうなほどの恥じらいっぷりで、

「ごめんなさい先輩ごめんなさい、私はまだまだですっ……！」

「いやだから大丈夫だって！　羽織着たままでも湯上がりつぶらは充分に色っぽいよ!?」

「せ……先輩……ありがとうございます……でも次の機会にはきちんと見せられるように努力します！」

「というかつぶらの中で俺はどれだけ湯上がりの胸が見たいキャラなの!?」

——なんて一幕があって。

他には、夕食のとき。

食事は部屋食で、ご飯は仲居さんに持ってきてもらったおひつから、自分たちでよそう形式だったんだけど……。

「あぐ……俺、お代わりもらおうかな」

俺がご飯の最後の一口を食べ終わり、腰を浮かせかけたところで、

「「ッ……！」」

シュバッ！×2。

つぶらとゆっこから、同時に手が伸びた。

「お任せください！」

「ゆっこがよそったげる」

互いに言ったかと思うと、ゆっくり顔を見合わせる。

「……私です。こればっかりは譲れません！」

くわっ、とつぶらが宣言した。

「……つぶ、おにいのお代わりの適量、知ってるの？」

にま、とゆっこは挑発するような顔で応じた。

「えっ？　そ、それは……」

「あたし知ってる、んふ。ってわけであたしがよそう」

「そっ……そんなのずるい！　私だって先輩にご飯をよそってあげたいのに！」

真っ赤になって抗議するつぶらに、ニマニマと受け流すようなゆっこ。

もうすっかり、明確に張り合いの形になってしまってる。

しかもゆっこはとかく自分の得意分野（俺の日常）に話を持ち込み、つぶらはそれを真っ正面から受け止めるから、これを勝負とするならつぶらの劣勢が続いてしまっていた。

――しかし、この辺でいい加減俺も分かってきた。なので、

「あ～……とにかくゆっこ、今回はつぶらに頼むから」

「む……」

「は、はい！」

つぶらに花を持たせるように、俺からリクエストする。

こういうことだよな、ゆっこ？　つぶらに頑張らせるばかりじゃなくて、俺からも意識的に動かなきゃダメってことだよな？

と思っていたら、ゆっこは素早くリモコンを取り上げて、

「じゃあおにい、テレビつけたげる」

「へ？」

「悠伊《ゆうぃ》！　食事中にテレビなんてお行儀が悪いでしょう⁉」

「おにいはいつもこの時間、この番組見てるし」

「そ……そうなの？」

「んふ～、つぶよりあたしの方がおにいのこと知ってる」

「むぐ……」

またマウント取ってるし！　いや、こうやってつぶらに俺の日常について教えようってことなんだろうけど！

「むぃい、んんぅむぃぃ、わ、私だって……」

劣勢の続くつぶらがそろそろ爆発寸前となれば、俺はもう慌てて言うしかない。

「て、テレビはいいって！」

「なんで？　おにい、いつも――」

「今はテレビより、つぶらの顔を見てたいからさ！」

「あ……せ、先輩……」

俺がそう言うと、途端にポッと頬《ほお》をバラ色に染め、モジモジし始めるつぶら。

「い、いくらでもどうぞ……ふふっ、ふふふっ……」

そして一気に上機嫌になってくれていた。

こういうところ、ちょろ可愛《かわい》くて助かるな！　いや、ちょろいことに関しては俺が言えた柄じゃないけど！

「む～……」

とにかく、いい加減これはやり過ぎな気がしてきたぞ。

なんか目を細めて唸《うな》っているが、ゆっこにはそろそろひとこと言わないと……。

「おにいっ、それじゃ――」

――と、ゆっこが再びなにか言いかけたときだった。

ダンッ！

と激しく物が置かれる音が響き、全員黙ってしまった。

「……なるほど、分かりました」

音の発生源はお母さんだった。どうやら、（お母さんは一人、お酒を飲んでいたのであるが）空いたお銚子《ちょうし》をお膳に勢いよく置いたらしい。

正直、普段物静かな人だけに、こういう行動は非常に珍しい。

いったい何が……と全員が息を呑《の》んでいると、

「では、三人でお風呂に入ってきなさい」

「「「はあぁっ!?」」」

三人で声を揃《そろ》えてしまった。

ぐーっ、とお母さんは反対の手に持っていた酒杯を傾けると、ギンッ！と音がしそうな

ほどの眼光で俺たちを睨《にら》み回して、

「内風呂ならば問題ないでしょう。あれは、家族で入るための物です」

と、浴室へ向かうドアへ視線を向ける。

た、確かに付設の内風呂は半露天の貸し切り家族風呂的な、三人でも余裕で入れる温泉だけども……俺もあとで、大浴場とは別腹って感じで、入ろうとは思っていたけども……。

し、しかしそれに三人で入れというのは……。

「お、お母さん、さすがにそれはちょっと……」

「といいますか、どうしてそんなことを……」

俺とつぶらが言葉を重ねてしまうのも無理はない。

しかしお母さんはますます強い眼光で俺たちを睨《ね》め付《つ》け回し、

「黙りなさい」

「「……ッ!?」」

ぼそっと一言。思わず二人そろってビクッとしてしまうほどの迫力だった。

「裸の付き合いも出来なくて、家族になれますか」

そう言いながら、お母さんはすでに空になっているお猪口《ちょこ》を再びぐいーっ。

……ひょっとして、お母さん、酔ってる？　表情も顔色も普段とまったく変わらないから分かりにくいけど。

そしてその理屈は……いや、言ってることは分からないでもないけど……。

と思っていると、

「入れないというのなら……私も婚約を認められません」

「「ええっ!?」」

お母さんにそんなことを言われ、今度はつぶらと二人して飛び上がってしまった。

「もしくは私が功成《こうせい》さんと入ります」

「ちょっ、待って、待ってくださいお母さん!?」

「なんでそうなるんですかっ……!?」

「私ならば功成さんと入ってみせますと言っているのです。ここのところの悠伊《ゆうい》さんの論調に合わせるならば」

お母さんは目を細め、殺気立った――といってもいいくらいの顔つき。

こ、これは本気だ……！　それくらいのことが出来なければ、婚約を認められないというのも。三人で入らないなら、自分が俺と入るというのも！

俺たちは顔を見合わせる。しばらく、どうにも言葉を発せられない沈黙。

「……ゆ、ゆっこは別に、入ってもいいけど～」

一番最初に応えたのは、やはりゆっこだった。ニマニマと、余裕たっぷりの顔で、

「おにいとお風呂とか、すでに経験済みだし……」

た、確かに小さい頃は一緒に入ってたけども！　でもその頃と今とじゃわけが違わないか⁉

「わっ……私だって、別に構いません！」

次いでつぶらが耳まで真っ赤になって、しかし決然とそう言い放った。

「私は先輩と結婚する……つまり家族になるんですからっ……お、お風呂にだって、一緒に入れます！」

明らかにゆっこに挑発され、後に引けなくなった顔だった。

「残るは功成《こうせい》さんだけですね」

「うっ……ぐっ……」

お母さんに鋭く見据えられ、俺は言葉に詰まる。

正直、いいのか？という思いはある。あるけども……。

入らなければ婚約を反対されるというのなら……。

「まだるっこしいですね」

と、そこでお母さんが立ち上がった。

「さっさと入ってきてください」

どかっ！

「おわああぁっ⁉」

……脱衣所に叩《たた》き込《こ》まれてしまった。

──一緒にお風呂！

普通に考えれば、相当仲を深めた間柄でないと為《な》し得《え》ないイベントだ。

それがまさか今夜、訪れるとは……。

「おにい、いいよ～」

「ど、どうぞ、先輩っ……」

浴室から、二人の声がかかる。

こうなったらもう、どう足掻《あが》いても一緒に入るしかない（脱衣所を出たらお母さんに叩き返されるのが目に見えているからだ）。

しかしかといって、何から何まで見せ合うというのはさすがにレベルが高すぎる。

なのでひとまず俺は後ろを向いて、その間に二人には脱いで先に入ってもらっていた。

その間の、心臓の鼓動ですらものすごかったのに……。

「お、おう、分かったっ……」

ますます心臓をバクバクさせながら、俺は大慌てで浴衣と下着を脱ぎ去る。

うわあ、この段階ですでに恥ずかしい！

しかし中で待っている二人もこれをくぐり抜けたのだ。

その上、これから一緒にお湯に浸《つ》かるとなったら、さらなる羞恥が襲い来ること必至。

この段階で負けてはいられない……と、俺は覚悟を決めてタオルを取り、前を隠す。

「は、入るぞ～……！　入るからなっ……!?」

そう声をかけ、もはや指先まで心臓になっているかのような手でガラリとドアを開けた。

——最初に目に入ったのは、月明かりを映したかのような白い肌×2。

「んふ……♪」

バスタオルを身体《からだ》の前に当てただけのゆっこは、半露天の湯船の縁に腰掛けた状態で、こちらに振り返っていて。

だからその身体の起伏は、俺の目にも露《あらわ》で。

「ッ……」

一方、つぶらはこちらに背を向けた状態でお湯に浸かり、細い肩越しに顔だけをこちらに向けていて。

「おっ、おまっ、おまおまおま、お待ちして、いましたっ……！」

覆《おお》い隠しても隠しきれない胸の膨らみのたわわさが、緊張しきった表情と共に俺の目に焼き付いた。

（い……いいのか……!?）

改めて思ってしまった。

彼女とはいえ、妹とはいえ——二人ともまだ中学生で。

とはいえ——その体つきはもう、充分に男の脳を焦がすもので。

「どしたの？　おにい」

「せ、先輩も早くお湯に浸かってくださいっ……でないと、寒い、ですよっ……」

そんな二人が、俺をそろって待っている。

……まだお湯に浸かっていないのに、すでにのぼせてしまいそうだった。

しかしここでバカみたいに突っ立ったままではいられない。

俺は極力二人を視界に収めないようにしながら、カニ歩きで湯船の縁を探り、背中を向けると股間のタオルを外してゆっくりとお湯に身体を沈めた。

「「……………」」

そして沈黙。

「と、とにかく、これでミッションコンプリートだなっ……!?　それじゃ出るか！」

緊張と興奮に耐えきれず、たまらずそう言ってしまう俺。

いや、これマジでやばいって！　少しでも気を抜いたらそのなんだ、下半身に大変な事態が勃興しかねない！　もちろん目は二人から背けたままだけど、こう、アレだ、シチュエーション的に！

「だ、ダメですっ、きちんと肩まで浸かって百数えないと温まりませんっ」

こんなときでもつぶらは生真面目だなぁ！

そう心中でツッコミながらも、逆らえない俺。

「そ、そうか……悪い……」

むしろ、免罪符をもらったかのような気分になってしまったのがアレだ……。

そうして俺たちはお互い視線を背けたまま、ガッチガチの状態でお湯に浸《つ》かり直す。

気付けば三人、向かい合うような形になってしまっていたけど……お湯が濁り湯で、浸かっているつぶらの身体《からだ》も、向こうからは俺の身体もよく見えないのがなんというか、助かった……。

「～♪」

そんな中で、ただ一人ゆっこは余裕を見せていて、鼻歌まで歌っている始末だった。

「ゆ、ゆっこはどうしてそんな余裕綽々《よゆうしやくしやく》なんだよ」

思わず口を尖《とが》らせて聞いてしまった。

するとゆっこは猫のように目を細めてほくそ笑んで、

「だって……んふ、ゆっこ妹だし～……」

「い、妹だからなんだよ」

「おにいの裸くらい見慣れてるし。おにいだって、そうでしょ？」

「そ、そんなわけあるかっ！」

思いっきり、怒鳴るみたいに言ってしまった。

そう、小さい頃とはわけが違うんだ。前にタオルを当て、足だけを温泉につけている状態でも歴然と分かるくらい、豊かに実った胸や腰回り。

出てるところ以外は細身のつぶらと違い（結局チラチラ見てしまってる）、普段ぐうたらしてるからか、どこもかしこもムッチムチで……。

「ゆっこだって女の子なんだから……目に毒に決まってるだろッ」

「――――」

そこで、ゆっこは目を大きくした。息を呑《の》むようにして固まった。

「そ……、そう……」

小さくそう言うと、俯《うつむ》いてしまう。そしてそのまま、ずぶりとお湯の中に身体を沈めた。

「「…………」」

――言葉を発しづらい沈黙が、また訪れてた。

月明かりとほのかな間接照明の中、ジンジンと染みるようなお湯の熱さは、俺たちをますます火照らせて。

「……は、ァ」

つぶらが不意に色っぽい息をついた
「ふぅ……」

それに追従するように、ゆっこも吐息《といき》。

しかし俺は反応できない。少しでも身じろいだら、本当に大変なことになってしまいそうだった。

――さっき、俺は余計なことを言ったのかも知れない。

彼女だけでなく、妹のことまで、おかげで女の子として意識してしまってる。

……いつまでこうしていればいいんだ？

よく分からなくなってくる。確かなのは、俺から先に上がるのは難しいということと……。

つぶらもゆっこも、その気はないらしいということ。

だから俺たちはそろって、ひたすらお湯の熱さに苛《さいな》まれ続ける。

視界の隅に映る二人の体つきに、延々と刺激され続ける。

――そうして、どれくらい経《た》っただろう。

俺がもはや汗みずくになりながら、それでも耐え続けていると……。

「……先輩」

ふと、つぶらが呟《つぶや》いた。

「あ、ああ……なんだ……？」

「私……もう、ダメです……」

「な……何が……」

「ドキドキして……クラクラして……だから、先輩……」

吐息混じりの熱っぽくも色っぽい声。ウルウルに潤んだ瞳。お湯の濁りに肝心な部分を隠されていても、隠しきれない胸の膨らみのボリューム。

「教えてください、先輩……」

俺も、もうダメそうだった。このままじゃ――つぶらの前で――

「誰から……上がるんです、か……」

「…………」

「はふぁ」

つぶらはそこでぐてんとひっくり返った。

「ちょっ、つぶ――うぁ？」

慌てて反射的に立ち上がったところで、俺はクラッと立ちくらみのような症状に襲われた。

「ぶくぶくぶく……」

視界の隅で、真っ赤になったゆっこがお湯に沈んでいくのが分かった。

あ、やばい……これ、湯あたり……それも全員そろって……。

そう思いながらも、俺の意識は遠くなっていった――

俺も
おまえも
ちょろ
すぎないか

ORE MO
OMAE MO
CHOROSUGI
NAIKA

# 3♥ どうしたら許可がもらえるんですか

目を覚ますと、俺たちは川の字で布団に寝かされていた。

「おはようございます」

窓際の椅子から、お母さんの声。その向こうには明るい山間《やまあい》の光景。

「朝……？」

「です」

「それじゃ、俺たち……」

「そろってのぼせていたので、私が引っ張り出して浴衣を着せました。みんな茹《ゆ》で蛸《だこ》のようでしたよ」

「そ、そうですか、それはすみませんっ……」

「ご安心ください。チラッとしか見ていませんから」

「うわあぁぁそうですよね！　すみませんすみません、お粗末な――」

「いえ、ご立派でした。……ぽっ」

「――ッ⁉⁉」

し、死にたい！　あろうことかお母さんに下半身を見られてしまっただなんて！

と同時に、「立派」と言ってもらえたのがちょっと嬉《うれ》しいのがアレだ……男ってバカというか、悲しい……。

「にしても、三人でお風呂に入ったなんて……仲良しですね」

「ってお母さんが入れって言ったんですよ⁉」

「……？　記憶にありませんが。昨夜は気付いたらいつの間にか、功成《こうせい》さんたちがいなくなっていたのではないですか」

うわあ、この人タチ悪い！　表情も変わらず酔っ払ってて、あげくあんなとんでもないこと言い出した記憶がないとか！

「まあでも、いいことです。なにせ三人はこれから家族になるのですから」

いや、家族でも普通はいい歳《とし》したら一緒に風呂には入らないと思いますけど……特に兄《きょう》妹《だい》では……。

と思っていたら、

「つぶらと、悠伊《ゆうい》さんも」

「…………」

その言葉に、ハッと胸を突かれたような気分になった。

──そうか、ついつい自分中心に考えてしまったけど。

俺とつぶらが結婚したら、つぶらとゆっこは義理の姉妹になるんだから……。

（張り合ってるんじゃないって、お母さん、昨日は……酔っ払いながらも……）

「んぁ……？」

と、そこでつぶらが身体《からだ》を起こした。目を覚ましたらしい。

「ああ、つぶら、おはようっ……」

「あ……先輩、おはようございま——」

そこまで言って、つぶらはドカンと首から上を真っ赤に染めた。

「せっ、せせせ先輩っ、昨日はそのっ……」

「あ、いやっ……」

そんな反応をされたらこっちも顔が熱くなってしまうし、脳裏には当然、お湯の中でほの見えていた肢体の映像がよぎってしまう。

「ま、まさか先輩がお風呂から助け出してくださったんですか？」

「いや違う違うっ、そこはお母さんがっ」

「そっ……そうだったんですか、では……ふうぅ……」

裸をまじまじと見られていないと分かって、ちょっと安心したんだろう。つぶらは胸を撫《な》で下《お》ろして息をつく。

「まだ……ドキドキしてます……」

「うん、俺も……」

「で、でも、先輩っ……そのっ……せせ先輩の体つき、とっても素敵でした！」

「いきなり何言ってくれちゃってんの!?」

「やはりこういうのは礼儀かと思いましてっ……！」

死ぬほど真っ赤で恥じらってるくせに、それでも懸命に言ってくれるのがつぶらだなぁ！

なので俺も言わざるを得ない。

「あ、ありがとう！　つぶらもすごく素敵だった！」

「うぁ、あうぁ……あ……ありがとう、ございます……」

つぶらはもう耳まで赤くして俯《うつむ》いた。

そのまま気恥ずかしさに、しばらく黙り合ってしまう俺たち。

旅の前には、大人の階段を一緒に昇ろうみたいな話をしてたけど……。

「き……昨日のはちょっと、俺たちにはまだ早かったな……」

「は、はい……情けないですけど……」

なんせ、思い出すと目を合わせられなくなってしまうくらいだし。

そう思っていたら、つぶらがモジモジしながら俺を見上げて、

「でも……いつかは……」

「――――」

息を呑《の》んでしまった。

その囁《ささや》きは正直、刺激的すぎた。

「……ですよね、先輩」

「う、うんっ……」

嬉《うれ》しすぎて目を合わせられない。

アセアセドキマギと、視線を彷徨《さまよ》わせたところで……。

「あ……」

布団に潜ったまま、いつの間にかこちらを見ていたゆっこと目が合った。

「お、おう、ゆっこもおはよう——」

「っ……!?」

がばっ！

……思いっきり、顔を背けられてしまった。

え？　どういうこと？　昨日あれほど余裕ぶっこいてたのに……。

（……いや、そういえば風呂では途中から大人しくなってたけど……）

「さて、全員起きましたね」

そんなところでお母さんが再び口を開いた。

そして椅子から立ち上がると、パンパンと手を叩《たた》いて、

「さあ、朝食を摂《と》ったらチェックアウトしましょう」

「……へ？　ここに二泊じゃないんですか？」

てっきりそう思ってたんだけど……と俺が首を傾《かし》げると、お母さんは眉を寄せながら頷《うなず》

いて応えた。

「はい。今日はこれから、私の実家に行きます」

お母さんのお母さん、つまりつぶらのおばあさんに会って欲しいのだそうだ。

「先日の顔合わせには呼びませんでしたが、やはり、会っていただくべきかと思いまして」

乗り込んだタクシーの助手席から、お母さんは後ろに座った俺たちに説明してくれた。

「婚約は、家と家とのことですし。それに——」

と、俺の右隣に座ったゆっこに目を向けて、

「星井出《ほしいで》家からは反対を受けていますから、逆に、初鹿野《はじかの》家の方は大丈夫、という状態にしておくべきでしょう」

「…………」

ゆっこは何も応えず、ぷいっと視線を外した。

……なんか、ホント今日は昨日と打って変わって大人しいな、ゆっこのやつ。いったいどうしたんだ？

それほど一緒に風呂に入ったのが恥ずかしかったんだろうか……いやでも、そこはゆっこだからなぁ……うーん……。

などと考えていると、

「つまり、お誘いしたときにも言いましたが、外堀を埋めておこうというやつですね」

お母さんがこくりと頷《うなず》きながらそう言い添えた。

「え？　それって――」

「初鹿野《はじかの》家は全員賛成という既成事実を作ってしまって、あとは悠伊《ゆうい》さんを説得しましょうということです」

「はいっ、だから先輩、一緒にご挨拶しましょうねっ」

お母さんの台詞《せりふ》を継いで、フンスッと気合いを入れるつぶら。

「…………」

俺はそこで、気がついた。

――そうか、事前のあの電話で「しましょうね」って言ってたのはそういう意味だったのか！

てっきりエロい意味だと勘違いしてたけどっ……。

「～～～～っっ」

分かった途端に顔が熱くなり、思わず手で覆《おお》ってしまう俺だった。

「せ、先輩、どうしたんですか急にッ……!?」

「いや……なんでもない……気にしないでくれ……」

「そういうわけにはいきませんっ。車酔いですか？　戻しそうなんですか？」

「ごめんこればっかりは言えないっ……許してくれ、つぶら……ッッ」

「は、はあ……車酔いではないのでしたら、よかったですけど……」

ああ恥ずかしい……でも、一人でその気になってあれこれ先走らないでよかった……。

そうだよな。真面目でお堅いつぶらが、段階も踏まずいきなりセッ……的なものに臨むはずもないし。

いや、昨日はゆっこに煽《あお》られて、普段ならしないようなことも結構してた気もするけど……とにかく。

「おばあさんにご挨拶させてもらえるのは、こっちもありがたい限りです」

俺が気を取り直してそう言うと、お母さんはこくりと重々しく頷く。

「それは、こちらもです」

「私もおばあちゃんのことは気になっていましたので、今回、先輩が一緒に来てくださって嬉《うれ》しいです」

つぶらの方もこくりと頷く。仕草がそっくりだよな、この二人。改めて。

「まあ、色々言葉足らずではあったけど……」

「はい？」

「いやいやなんでもない。それで……つぶらのおばあさんって、どんな人なんだ？」

「物静かで自律的な人です。お母さんに似ています」

となると、つぶらの強化型のさらに強化型的な人と考えていいか。

なら、話せばちゃんと分かってくれそうだな……。たぶん、顔つきはお母さんに輪をかけて恐《こわ》いんだろうけど、ちょっとしたことでコロッと気を許してくれる気がする、というか。

(つぶらさんと婚約させてください！)

(許可します。では、今すぐ式を挙げましょう)

(話が早いぃーッ!?)

……くらいの展開は、あり得るような。

いやいや、いくらなんでもそれはちょろすぎか。

でも……つぶらのおばあさんでみさおさんのお母さんとなるとなぁ……どうしても……。

しかし、そうなると。

「……ふ〜ん……」

気になるのは一人、依然として反対の立場をとり続けるゆっこだ。

「その……ゆっこ。ゆっこはおばあさんが賛成してくれたらどうするんだ？」

「どうするって……別に……」

耳打ちすると唇を尖《とが》らせ、ふてくされたように答えるゆっこだった。

だけでなく、眉を寄せながら、

「それよりおにい、顔、近い……」

「あ……、わ、悪いっ」

確かに近かった。けど……ゆっこ、今までそんなの気にするやつだったっけ？

むしろ俺に対しては無防備というか、わりと開けっぴろげだった気がするけど。

いや、何考えてるのかだけは、いつでも俺につかませなかったけども……今も……。


ともあれ……そうして、タクシーに揺られて小一時間ほど。

到着したのは、やはり山間《やまあい》の、のどかな集落の外れにある大きな古民家だった。

「お母さん、みさおです」

「おばあちゃん、お久しぶりです」

玄関を開けて、初鹿野《はじかの》親子がそろって中に声をかける。

おばあさんは現在ここで一人暮らしだそうだけど……広くて立派な玄関は、どこもかしこも潔癖なまでに掃除が行き届いていた。

たぶん、家中こうなんだろう。この玄関の雰囲気だけで、おばあさんの性格がなんとなく窺《うかが》える気がした。

なんて思っていると……。

「きえええええぇっ！」

何事⁉　奥から唐突にそんな奇声と、こちらに突進してくる人影。

一直線に――お母さんを狙ってる――⁉

「お、お母さんッ……！」

俺は慌ててお母さんをかばい、前に割って入った。

するとその次の瞬間。

――ぶおんっ！

世界が一周した。

「…………」

腕を捕まれたと思ったら、身体《からだ》が一回転するくらい見事に投げられた……しかも地面に叩《たた》きつけられない絶妙な技の冴《さ》えで……と理解できるまで、たっぷり三呼吸分くらいかかった。

というか、何事？　なんで俺、投げられてるの？

「母はいつもこうなのです」

お母さんが落ち着き払ってそう言った。

「いつも、投げを凌《しの》がないと中に入れてもらえないのですが……今回は功成《こうせい》さんのおかげで助かりました」

「…………」

お母さんが俺を投げた女性に目を向ける。

俺から手を離すと、その女性はすすと居住まいを正した。

背筋のピンと伸びた、凛《りん》とした雰囲気の和装の女性だった。

聞いていたとおりお母さんにそっくりで、おばあさんと言うには若く……そしてお母さんよりさらに眼光が鋭い。

そして、所作の端々まで神経が行き渡ってるように綺麗《きれい》で……和装というのも手伝って、ひとことで言うと『武家の奥方』みたいな品のある人だった。

そんなおばあさんは、俺たちをギロリと睨《にら》み回すと、

「……入りなさい」

静かに、だけどはっきりとそれだけ言って俺たちを招き入れた。

……ちょ、ちょっと待って！　事前に予想してた展開や人物像とあまりに違いすぎるんだけど！


ビビりまくりながらお邪魔すると……。

屋内はやはり、どこもかしこも綺麗に掃除が行き届いていた。

そんな中の一室。おそらく応接間なんだろう、広い畳の部屋に俺たちは通された。

おばあさんが正座で腰を下ろしたので、俺たちも並んで、正座で相対する。

「……それで、みさお。今日は……どうしました」

言葉を噛《か》みしめるような言い方と眉根を寄せた恐《こわ》い顔で、そう切り出してくるおばあさん。

その短い言葉だけで、室内にはピンと空気が張り詰めたような気がした。

ううん、これはやっぱりお母さん以上だ……物静かだけど、なんというか、迫力の質が違いすぎる。つぶらの目つきが威圧感、お母さんが射貫《いぬ》くような鋭さだとしたら、おばあさんのそれは圧迫感というか……。

「はい。今日は、お母さんに会っていただきたい方を連れてきました」

しかしお母さんはいつもどおりの調子でそう応える。

どうやら親子間でも丁寧語なのは家風らしいな。なんだか納得だった、初鹿野《はじかの》家って旧家の佇《たたず》まいがあるし。おばあさんもお母さんもつぶらも、凛《りん》とした古風な雰囲気が共通してるし。

「…………ほう」

あと、恐い顔も。

「功成《こうせい》さん」

「あっ……はい!」

そこでお母さんに水を向けられ、俺は慌てて背筋を伸ばす。

「…………」

さらにおばあさんの眼光に見据えられれば、俺の緊張はいや増す。つぶらやお母さんで慣れていなかったら、反射的に謝ってしまいそうなくらいの迫力だった。

ちら、と俺はそこで気になって、隣のゆっこに視線を向けた。

ゆっこはおばあさんの迫力にもまったく腰が引けておらず、ぽやっとした半目で普通に正座していた。

さすがというか、なんというか……。どうあれこの妹の前で、無様な姿は見せられない。

俺は居住まいを正して、

「初めまして、僕は――」

と、言いかけたところだった。

「……つぶらのお友達と、その彼女さんですか」

おばあさんが目を細くしてそう言った。

「…………」

「…………」

「…………えっ⁉」

あまりに意外な言葉に一瞬理解が追いつかず、反応が遅れてしまった。

おばあさんはじっとゆっこに視線を注いでいた。

……俺とゆっこが恋人同士だと思ったってこと？

「ち、違いますって！　俺たちはっ――」

「うん」

「はぁっ⁉」

隣から上がった相づちに、俺はバッとゆっこを見た。

「あたり」

――ぴとっ。

「⁉⁉⁉」

ゆ、ゆっこのやつどういうつもりなのか、いきなり俺にぴったりとくっついてきたし！

そしておばあさんにコクンと頷《うなず》いてみせる。するとおばあさんも頷いた。

というか、何この展開！　マジで頭が追いつかない！

「ほう、そう来ましたか」

お母さんが珍しく、感心したように呟《つぶや》いた。

「では私は功成《こうせい》さんのママとして……」

「じゃなくてですっ！」

腰を浮かせかけたお母さんを、つぶらがものすごい勢いで怒鳴って止めた。

そしてブンッと髪が浮くほどに素早くおばあさんに向き直ると、

!?
ぴとっ

「ちち違いますおばあちゃん！　私の友達なのはこちらの悠伊《ゆうい》でッ……！」

ぐいっ！

「わわ」

「この人は、私の婚約者です！」

その勢いのままゆっこを俺から引き剥《ひは》がし、隣に陣取ってくわっと一喝。

それを聞き、おばあさんはまた目を鋭く細めた。

「いったいどうしてそんなとんでもない勘違いをしたんですか、おばあちゃん！」

「…………」

おばあさんはつぶらには答えず、鋭い視線を俺に向けてくる。

ハッ、と俺はそこでようやく我に返り、慌てて前に手をついた。

「名乗るのが遅れて申し訳ありません！　そのっ……つ、つぶらさんと結婚を前提にしたお付き合いをさせてもらってる、星井出功成《ほしいでこうせい》といいます！」

「………つぶらの祖母の、初鹿野《はじかの》カナエです」

おばあさんはこれ以上なく丁寧に腰を折り、お辞儀をしてくれた。

そしてゆっくり顔を上げると、再び俺を睨《にら》み殺すような視線で見つめてくる。

口数は少ない人だけど、視線が雄弁というか……言葉でなく目で続きを促されるのが分かって、俺は再び大きく頭を下げた。

「この度、つぶらさんと正式に婚約したいと思っていますっ。……よろしければ、許可をいただけませんか！」

「………………」

おばあさんはやはり、すぐには応えてくれなかった。

鋭い視線をゆっくりと、俺からつぶら、そしてゆっこに巡らせて。

「……？」

ゆっこが小首を傾《かし》げても、そのままじっと見つめ続ける。そうしているうちに眉間には深いシワが刻まれていった。

しばらくの沈黙。なんとも言えない緊張感。

おばあさん、どうして応えを返してくれないんだ……？

それに、つぶらが説明してくれたのに、どうしてそんなにゆっこを見つめてるんだ……？

「――やはり」

沈黙を破ったのは、お母さんの低い声だった。

「反対ですか」

「えっ……？」

「………………」

おばあさんはジロリと、お母さんを睨《ね》め付《つ》けた。

しかしお母さんはまったくひるむことなく、その視線に頷《うなず》いて返して、

「だから先日は呼ばなかったのですが……功成《こうせい》さんとつぶらが直《じか》にご挨拶しても、駄目ですか」

そして俺とつぶらに向き直り、頭を下げる。

「ごめんなさい。私のことがありますから、母は婚約にはそうおいそれと賛成できないようです」

あ……そうか、そういうことか。

お母さんは結婚に失敗し、今はシングルマザーになっている。確かつぶらがまだ小さい頃に、お父さんが蒸発した……ってことだったよな。

それを踏まえたら、確かにおいそれとおばあさんが許可を出せないのは分かる……分かるけども……！

「それに、年齢も年齢です。お母さんが早すぎると思われるのも無理はありません」

「お、おばあちゃん、でもっ――」

と、そこでつぶらが腰を浮かせ、抗弁しようとした。

しかしそれよりも早く、

「おばーちゃん、ゆっこも反対！」

ゆっこが立ちあがり、宣言するように大声でそう言った。

「「……えっ⁉」」

今日ずっと静かだった分、意表を突かれた感じだった。俺とつぶらは同時に泡を食い、ババッとゆっこを見上げる。

「んふ～ふ～」

ゆっこはついさっきまでの無表情っぷりもどこへやら、得意げなニマニマ顔で俺たちを見回して、

「これで両家に一人ずつ反対がいる状態。んふふふ」

こ……これは、勝ち誇った顔……！

どうやら味方（それも強力な）が出来たのが、ゆっこ的には嬉《うれ》しく心強かったらしい。

ゆっこはそのままおばあさんに歩み寄り、向き直って隣にぺたんと座り込んだ。

「よろしくね～、おばーちゃん」

まったく物怖《ものお》じしないのがゆっこだな……！

そして気付けば構図はすっかり変わってしまっていた。

向こう側に反対が二名。こっち側は当事者の俺とつぶらを除けば賛成が一名。

今まで唯一の反対者だったゆっこが調子ぶっこくのも、無理はない状況……ッ！

「ってわけで～、どうするの？　おにい、つぶ」

「「くッ……⁉」」

おばあさんの眼光と共にゆっこにそう尋ねられ、俺たちは言葉に詰まる。

正直、「また出直してきます」ないし「いったん取り下げさせていただきます」と言いたくなるくらいの圧迫感と劣勢感。

だが。だが、しかし――

「せ……先輩っ……」

――愛《いと》しい彼女にすがるような目を向けられて、このまま引き下がれる男がいるか！

「おばあさん、ゆっこ！」

俺は再び、勢いよく前に手をつき、二人に向けて大きく頭を下げた。

「僕たちはお願いするしかありませんっ、どうしたら許可がいただけますか⁉」

「先輩――！」

隣でつぶらが息を呑《の》む気配がした。

そして彼女も俺に倣って前に手をつき、勢いよくお辞儀をすると、

「お願いします！　私たち、きちんと婚約したいんです！」

必死な声音で、そう追従してくれた。

「婚姻届が出せるようになるまでの、二年間っ……胸を張っていられるように！　だから、お願いします、どうしたら許可がいただけますか！」

考えてみれば……。

おばあさんはもちろん、ゆっこにこうしてきちんとお願いしたのも、これが初めてだった。

妹だからと安易な手段に訴えてしまってたけど……本当に必要だったのは、こうして誠心誠意頭を下げることだったのかも知れない。

「許可って言われてもな〜」

……いや、意味なかったのかも知れない！

「おばーちゃん、どうする〜？」

「…………………」

ゆっこに軽い調子で水を向けられ、おばあさんは俺とつぶらをゆっくり睨《にら》み回すと……。

「……とりあえず、家のことを……やってもらいましょう」

そう言われたら、どうあれ全力でこなす以外にない。

誠心誠意仕事をこなせば、認めてもらえるかも知れないんだし！

というわけで──

「つぶら、裏の野菜運び終わった！　次はっ!?」

「せっかくの男手がある状況なので、おばあちゃんはそこの小箪笥《こだんす》を移動したいそうですっ。私も手伝いますから──」

「い……いや、つぶらは台所仕事を続けてくれ！　力仕事は俺がやるからっ……」

「わ、分かりました！　お願いしますっ……」

と、俺はつぶらにやるべきことを聞きながら、必死で仕事をこなしていった。

「よし……せーのっ、ふぬおおぉっ……！」

正直、キツい！　古い家だからあれこれ勝手が違うし、力仕事となったらなおさらだ！

しかし、だからといって放り投げるわけにはいかない。どんなことになろうと、俺はつぶらと婚約するんだという意思を見せなきゃいけないところだし――

おばあさんの暮らしぶりの大変さを知ることも、今の俺には必要なことだと思った。

そう。昨日お母さんに言われたとおりだ。つぶらと結婚したら、俺たちは家族になるんだから……。

――それに、ゆっこのこともある。

どうしたら納得してくれるか分からないままだけど、おばあさんと一緒になって反対してくるのなら、こっちはやはり、おばあさんが翻意してくれるくらいの誠意を見せる以外にない！

他の手段が思いつかない悔しさはないではないけど、逆に、こうやって愚直に、真っ正面から当たるしかないのがある意味、俺たちでもあるんだから！

「ぶはぁっ！　つ、つぶら、次はっ!?」

「は、はいっ……では、薪割《まきわ》りをお願いできますかっ」

「分かったっ……」

裏庭に移動し、置かれていた鉈《なた》で薪を割っていく。

「ふぬっ……でぇえいっ！」

ガコン！

振り上げ、振り下ろした鉈は上手《うま》く薪に命中せず、何度やっても綺麗《きれい》に真っ二つに出来ない。

そのうちに、まだ肌寒い気候だというのに、全身からどっと汗が噴き出してきた。

俺は上着を脱ぎ、腕で顔を拭って作業を続ける。

――こんなこと、おばあさんは毎日しているのか。

だんだん鉈を持つ手がジンジン痺《しび》れてきた。

なのに、薪はいっこうに上手く割れない。

まるでおばあさんやゆっこを相手にして、撥《は》ねつけられ続けているかのようだった。

「はーっ、はーっ……」

腕に次いで痛み始めてきた腰を、グッと伸ばして息をつく。

見上げれば、空はのどかな晴れ模様。どこかから鳥のさえずりも聞こえてきた。

――俺、なんでこんなことしてるんだっけ。

ふとそんな考えが頭をよぎってしまった。

――ここまで反対されたら、諦めるべきなんじゃないか？

――無理に話を通そうとしたって、意味はないんじゃないか？

どのみち、いくら正式に婚約しようと、結局はやっぱり、口約束で……。

少なくとも二年間は、結婚しようにも出来ないんだし……今、こんな思いをして了承をもらわなくても……。

「――先輩っ」

ハッとした。

視線を向けると、タオルと飲み物が載ったお盆を持ったつぶらが、こちらに駆け寄ってきていた。

「ああ、すごい汗……拭かせてくださいっ」

「って、つぶら……自分の仕事は？」

「きちんとします！　でも、それだけじゃ駄目なんですっ」

そう言って、つぶらは少し背伸びをし、俺の額や頬《ほお》に優しくタオルを当てて汗を拭いてくれた。

「頑張ってくださってる先輩を、支えることも……私の仕事だと思います」

「つぶら……」

かいがいしく、つぶらは汗を拭き取り続けてくれる。

そんな彼女に——俺は胸がギュッと締めつけられるような思いになる。

「それと、ごめんなさい。私ったら説明不足で。薪《まき》は一度鉈《なた》を食い込ませてから、台にぶつけるようにすると簡単に割れるんです」

「あ……そうなのか？」

「はいっ。なのに私ったら、余計な苦労をさせてしまって……」

「…………いや」

俺はかぶりを振った。

「おかげでつぶらに、こうして汗を拭いてもらえたし」

「あ……、せ、先輩……」

「ありがとうな、つぶら。……これが終わったら、今度はそっちを手伝わせてもらえるか？」

「は……はいっ。そうですよね、一緒に……おばあちゃんや悠伊《ゆうい》に、私たちの誠意を見せるんですもんね」

締めつけられていた胸が、ふわっと和らぐ。

そして、胸の奥から、彼女への想《おも》いがあふれんばかりに込み上げてくる……。

「……大好きだ、つぶら」

言葉になって出た。

「結婚しような」

「あ……あぁ、先輩っ……」

じわぁ、とつぶらは涙ぐんだ。

そして眉根を寄せ、こくこく勢いよく頷《うなず》くと、

「はいっ……しましょうね、先輩っ……必ず……だから……」

「うん。これも、必要なことだよな」

今までトントン拍子で上手《うま》く行きすぎていた俺たちだから。

こういうことも、きっと必要なんだろう。

結婚はそんなに生やさしいものじゃない……と、ある種、今は教えてもらえてるような状況で……。

そして、そんな中でも。

「ふふっ……それじゃ先輩、顔を上げていただけますか？　首回りも、拭きますから……」

こうして、愛《いと》しい彼女がいてくれれば頑張れる。

俺は、この子と結婚するんだ。二人で家庭を築くんだ。

「よぉしっ……それじゃ、作業再開と行くか！」

その決意を新たにし、俺は持ってきてもらった飲み物を飲んだあと、改めて薪を割り始

めた。


その後、つぶらの作業を手伝ったり、再び力仕事をこなしたりして……。

途中、昼食を頂いたりと、休憩を挟んだりもしつつ……。

そうして日が暮れる頃、ようやくやるべきことが全て終わった。


「ぶはァッ……！」


俺は疲れ切った汗まみれの身体《からだ》を、縁側に預ける。

するとつぶらが大急ぎで、またタオルと飲み物を持ってきてくれた。

「お疲れさまでした、先輩っ。汗、また拭きますねっ……」

「ありがとう……つぶらもお疲れさま」

「いえっ、いえっ、私は慣れていますからっ……でも先輩は……」

「いや、大丈夫。これくらいなんてことないって」

その強がりは、別に男の見栄《みえ》ってだけじゃなかった。

俺は身体を起こし、縁側から続く部屋の奥に視線を向ける。

そこには相変わらず端正に正座したおばあさんと、その隣に侍《はべ》るように座ったゆっこの姿。

「おばーちゃん、おにいたち一段落したみたいだね」

「……そのようですね、ゆっこさん」

俺たちが作業に当たっている間、お母さんは仕事の用事で外していたので、ずっとゆっこがおばあさんの相手をしてくれていた。

そのせいか、ずいぶん仲がよくなったらしい。……いや、ゆっこの馴《な》れ馴れしい態度は最初からだけど。

そしてゆっこは足を伸ばして座り直し、後ろにぺたんと手をつくと、

「……おばーちゃん、これでひょっとして、二人の婚約を認めたりするの？」

目を細め、窺《うかが》うようにおばあさんにそう聞いた。

まさか、とでも言いたげな顔。

「…………」

おばあさんは相変わらずすぐ言葉では答えず、その鋭すぎる眼光で俺たちを見据える。

「ッ……」

俺とつぶらはそろって緊張し、ババッと正座で座り直した。

そんな俺たちから、おばあさんはゆっこに視線を戻すと、

「…………二人はそもそも、何故《なぜ》……この歳《とし》で婚約を？」

噛《か》みしめるように、そんな問いを投げかけた。

「ん～まぁ……」

ゆっこはチラリと俺たちに目を向ける。

俺は頷《うなず》いて返した。ゆっこが聞かれてるんだからゆっこが答えるべきだし、なにより、ゆっこが俺たちのことをどう捉えているか、一度きちんと聞いてみたかった。

するとゆっこは放り投げるような口調で、

「つぶ以外にもおにいに惚《ほ》れてる女の子がいるから、その子たちに対する意思表示？ みたいな……？」

「なるほど。だとしても……いささか、早すぎるのではと……」

「ん～まぁねぇ。これから心変わりするかも知れないのにね」

「…………」

そんなことはない！ とやはり言いたかったけど、グッと堪《こら》える。

横を見るとつぶらも、唇を噛《か》みしめて言葉を堪えていた。俺と同じ思いでいてくれてるらしい。こんなときだけど、通じ合ってるのが嬉《うれ》しくなる。

そんな俺たちを横目で眺めながら、ゆっこは言葉を重ねる。

「そもそもこの二人、付き合う切っ掛けがちょろすぎたしさ～」

「…………詳しく伺いましょう」

「あのね～、おにいは昔っから彼女が欲しくて、ちょっとでもいいなと思った女の子にはすぐ付き合ってくれって言ってたんだけど……そんなの当然、ＯＫされるわけないじゃん？　だからずっとフラれてばっかりで」

「………ふむ」

「それがね？　ある日つぶに告白したら、つぶったら、勢いでOKしちゃったの。今まで誰も自分にそんなこと言ってくれなかったからって。おにいもさ、つぶだけは自分の話をちゃんと聞いてくれたからって、それだけの理由でつぶにゾッコンになっちゃって」

そ、そうまとめられるとなんか釈然としない……っ！

しかしここで口を挟むわけにはいかない。つぶらと一緒に、またしても堪える。

「なんかもう、二人そろってちょろすぎるよね～」

「………」

「しかもさ、つぶはOKしたくせに恋愛感情がよく分からないとか言って……めちゃくちゃだよね。順序が変って言うか」

「くっ……」

つぶらが顔を赤くしながら呻《うめ》いた。

確かに、今になってその頃の話を持ち出されると、なんというか忸怩《じくじ》たる思いがあるだろう。

「おにいはおにいで、じゃあ俺が恋愛感情を教えるから！とか言って……そんな風に付き合い始めたの、なんかもうわけ分かんないよね」

「くッ……!?」

俺の方も！

いや、でも、あのときはただただ必死だったし……。

――これが生まれて初めての恋なんだ、と確信していたし。

「それでさ～、あれこれやってたんだけど……つぶってば男女のことホント何も知らなくて、ちょっとおにいが胸チラ見ちゃっただけで、先輩は私に劣情を抱いていて妊娠させるつもりなんだ！とかものすごい話の跳び方してさ」

「ゆ、悠伊《ゆうい》っ、それはッ……！」

さすがにそれは黙っていられず、つぶらが口を挟んだ。

「色々と知識と認識不足だった私が悪くてっ……確かに先輩は私にそういう思いを抱いたけど、それでも自分はつぶらを大事にしたいんだって言ってくれたから！」

「で、結局カップルなら当然ヤること、まだ一切してないんだよね、この二人。信じられる？　おばーちゃん」

「…………」

「そ、そういうのは少しずつ、段階を経てすべきだと二人で思っていますからっ」

おばあさんに見据えられ、俺は赤くなりながら応える。

そう、そこに後ろ暗いところは一切ない！　つぶらの気持ちを大事にしたいのも、間違いないんだし！

「……それでまだ自分たちにもチャンスあるかもって、はるまれ先輩や梅《うめ》ちゃんに横やり入れられてたら世話ないよね」

「「くっ……!?」」

二人そろって黙らされてしまった。

た、確かに、そういう構図は間違いなくあるけども……！

「そうそう、おばーちゃん。なんか色々あって、つぶもおにいが好きって気持ちが理解出来たらしいんだけど……それなのにね？　おにいのことが好きだったっていう女の子が現れたら、なんかその子の気持ちに共感しちゃって、二人でデート行ってこいとか送り出しちゃったの。信じられなくない？　自分から敵に塩を送るっていうか、略奪愛されちゃうような隙をつくっちゃったっていうか」

「そ、それはっ……私も色々と、分かっていなくて……」

「自分はもうおにいと正式に付き合い始めたし、おにいは自分にゾッコンなんだから大丈夫って余裕ぶっこいてたんだよね？」

「う、ぎゅっ……そ、そうなるけど……」

「で、おにいはおにいで、つぶのそんな素っ頓狂な行動も受け入れちゃってさ。あげく、その横恋慕してる子たちの気持ちも分かる、とかでグラグラきちゃってて」

「ちょ、ちょっと待てゆっこ！　確かにそういうこともあったけどそれでも俺はつぶら一筋でッ――」

「ホント、子供の頃のまんまだったよね。誰の言うことも、真っ正面から受け止めまくって。真っ正直に相手しちゃって」

俺の反論を、ゆっこは鼻で笑うように軽く撥《は》ねつける。

というか――俺たちのこと、ずっとそんな風に思ってたのか？　ゆっこ。

妹の語り口は、まるっきり俺たちの仲をくさすような感じで。

俺はどんどん、悲しい、やりきれないような気持ちになってくる。

――ずっと、応援してくれてると思ってたのに。

――たとえ何かあったとしても、ゆっこだけは絶対に味方だと、ずっと思ってたのに。

「まあ、おにいもつぶも、結局それだけじゃ駄目だって気付いて、ちゃんとはるまれ先輩たちからのチョコは断ったりしてたけど……」

「そ、そうですっ。だから私たちは――」

「今度は婚約のことゆっこに反対されたら、どうにかして納得してもらおうって、やっぱり二人してバカみたいに必死になってさ」

「「………」」

俺たちはもう、言葉も出ない。

ただただ、ゆっこにヘラヘラ笑いながらくさされるのが悲しくて……。

「もうさ〜、なんていうかさ〜……ゆっこ的には……」

もうやめてくれ。もう聞きたくない。

ゆっこの気持ちは分かったから。

俺たちの思いは、何一つ届いてなかったんだって分かったから——

「……つぶって、周りが険しすぎて、外界と隔絶されてた奇跡の秘境！みたいな子だと思うんだよね」

「「……えっ？」」

そこで、意外な表現が出てきた。

俺たちは思わず、そろって顔を上げたが……ゆっこはそんな俺たちに気付いた様子もなく、どこか遠い目をして言葉を継ぐ。

「今まで誰も立ち入れなかったから、とんでもなく綺麗《きれい》なままでさ……だから、初めて立ち入ってきたおにいの気持ちを、こんなにストレートに受け止めちゃってさ」

「……ほう」

おばあさんが促すように相づちを打つ。するとゆっこはますます遠い目をして、

「それで……おにいはおにいで、その秘境の綺麗さに感動出来て……だから大事にしたいなんて、真っ正直に思っちゃって……今まで誰も足を踏み入れてない処女地だったらさ、

いくらでも自分の好き放題に踏み荒らせたのに、そういう気は全然なくて」

「ゆ、悠伊《ゆうい》……？」

「ゆっこ、おまえ……」

「……そんな二人だから、最初から結婚を考えちゃってたし、この歳《とし》で婚約しようだなんて思えるんだよね。それって、すごいよね……」

「「………」」

俺たちの呼びかけは、ゆっこには届いてないようだった。

ただ天井を見上げて、自然と口からこぼれ出てくるかのように言葉を紡いでいて……。

「だからね、おばーちゃんっ」

「……はい」

そしてゆっこは言った。

「この二人、めっちゃお似合いでしょぉ!?」

「「…………………」」

あ……あれ？

俺たちはもう、そろって目を見開いてしまった。

ゆっこはやっぱりそんな俺たちには気付かず、ガバッとおばあちゃんに向き直って、

「敵《かな》わないなぁって、ならない!?」

「…………」

「ゆっこ、悔しいいいくてつい反対しちゃったけどっ……」

——俺は一瞬、息が止まる。

悔しくて？

ゆっこ、それってどういう……。

「この二人なら何があろうとこのまま行くんだって、どうしたって思い知らされちゃうじゃん！」

ゆっこが叫ぶように言った。

「そうですね」

おばあさんは、そこで初めて間を置かずに答えて頷《うなず》いた。

「「…………」」

俺とつぶらはとっさに展開について行けず、二人そろってあんぐりとした。

おばあさんはそんな俺たちに向き直ると、

「そういうわけで……こちらを」

と、封筒を取り出して差し出してきた。

「えー……っと？」

「婚約のご祝儀……です」

「………」

「今日の労働の対価、……ということでも構いませんが」

「…………………」

「お、おばあちゃん、私たちの婚約には反対してたんじゃっ……」

俺が固まってしまっていると、つぶらが慌てた様子でそう尋ねる。

するとおばあさんは眉間にシワを寄せ、

「……私は一言も、そんなことは……言っていませんが」

「「…………」」

い……言われてみれば、おばあさんの口からはひとことも「反対」とは言われてないような……。

黙っているおばあさんの様子で、お母さんがそう解釈して……それにゆっこが乗っかっていったような形で……。

「……私は、最初から賛成でしたが。功成《こうせい》さんがみさおをかばった段階で、ああ、この方は殿方の責任をいつも自然と意識してる方なのだ、と理解出来ましたし……」

「え、あ……いや、あれはその、なんというか夢中で……」

「であらばこそ、です。……その後も、文句一つ言わず、つぶらと共に家のことをしてくださいましたし……しかも、あれほどの量を」

「い……家のことをすれば許さないでもない、ということじゃなかったんですか？」

「ただ家事をして欲しかっただけですが……？」

俺とつぶらは思わず顔を見合わせる。

えー、と？　すると？　要するに……。

「……なので、ご祝儀を包ませていただきました」

「で、でもおばあさんっ」

「だったら、どうしてすぐに反対じゃないと言ってくださらなかったんですかっ⁉」

そう、そこが気になる！

最初からそう言ってくれてれば……！

「……一つだけ、引っかかっていたところがありましたから」

そう言って、おばあさんはポカンとしていたゆっこに目を向けた。

……それって、一番最初に。ゆっこが俺の恋人に見えたから……？

「ゆっこさん。……あなたの気持ちはなんとはなしに察していました。あなたも功成さんに想いを抱いていると」

「……え？」

「や、あっ……違っ、ゆっこは――」

「なので引っかかってはいましたが……あなたは誰よりも、お二人の仲を認めてもいる」

「ゆっこはっ……」

「なので……私には、反対する理由は、ありません」

「……～～～～～～っ!?」

おばあさんのその言葉に、ゆっこはカッとなったように歯を食いしばった。

そして慌てて俺たちに向き直る。

「ゆ、ゆっこ……」

俺はかけるべき言葉がとっさに見つけられなかった。

いや、だって。今のおばあさんの台詞《せりふ》。

ゆっこも俺に想《おも》いを抱いていると。

誰よりも、俺たちの仲を認めてもいると。

それって、つまり――

「違っ……ゆっこはっ……」

ゆっこは顔を真っ赤にして叫んだ。

「ゆっこはおにいのことなんか好きじゃないから！」

俺もおまえもちょろすぎないか

ORE MO
OMAE MO
CHOROSUGI
NAIKA

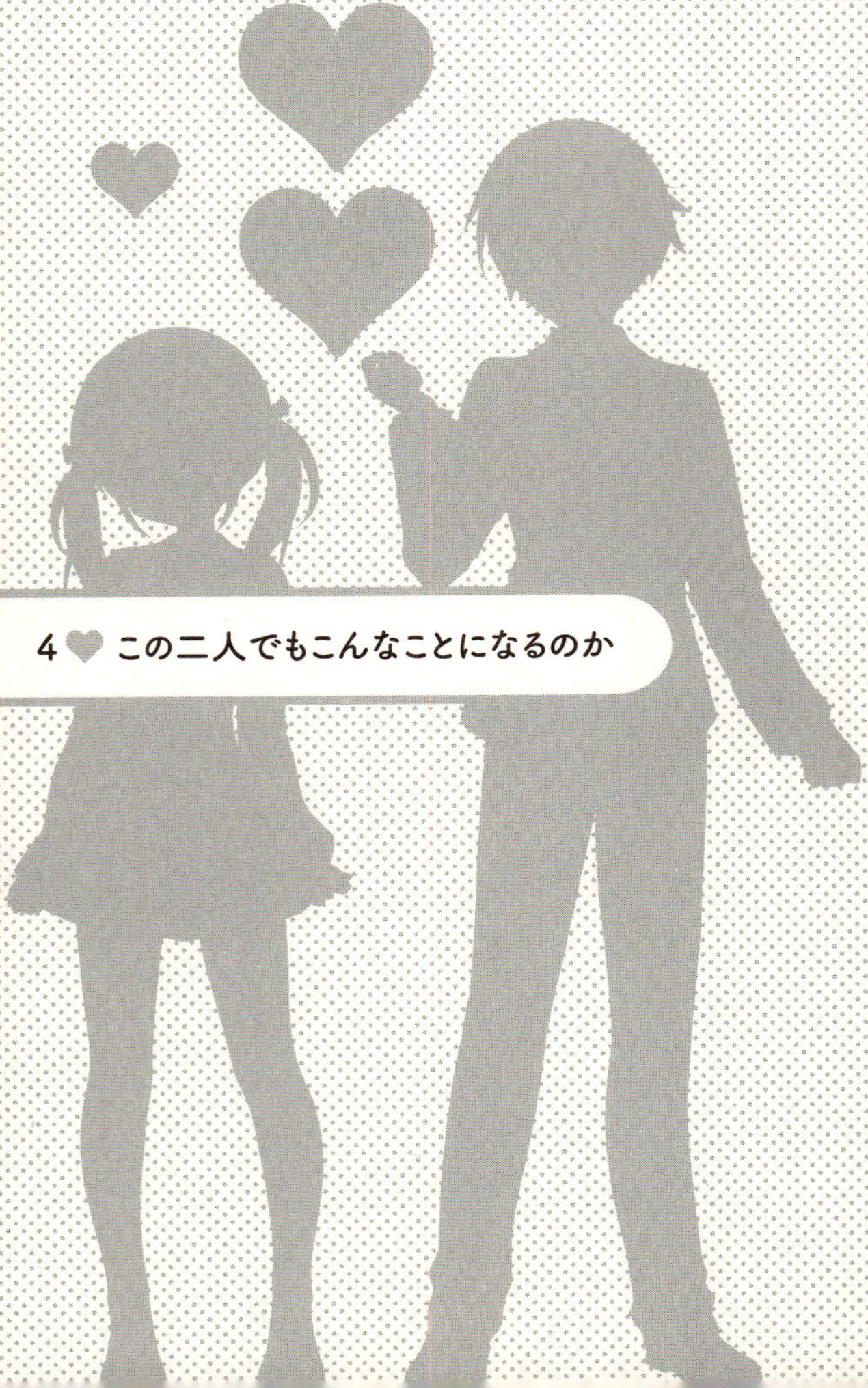

# 4 この二人でもこんなことになるのか

――夢を見ていた。

『おにいなんかだいっきらい！』

まだ、俺が小学校低学年、妹が保育園の頃のことだった。

その日は商店街の夏祭りだった。当初は二人そろって、両親に連れて行ってもらうはずだったんだけど……。

仕事が入ってしまい、その話はなしということになってしまった。

でも行きたい行きたい、と妹は駄々《だだ》をこねた。だったらおにいが連れてってよ、と言い出した。

けど、俺は両親に『子供だけで行っちゃダメよ』と言われていたから、それは無理だと答えて……。

すると妹は、おにいなんて大っ嫌い、おにいのバカ、と泣き出したのだ。

『分かったよ……だから泣くなよ……。嫌いなんて言うなよ……』

『じゃあ、つれてってくれる？』

『…………わ、分かった』

それは兄としての責任感や、妹への愛情、ちょっとした背伸び……なんて、色々な理由はあった気がするけど。

とにかくその日。俺は意を決して妹の手を引き、お祭りに連れ出した。

『んふ～ふ～、おにいとおまつり～♪　ふたりでなんて、すごいね！　はじめてだね！』

妹ははしゃいでいた。……最初のうちは。

次第に理解出来てしまったのだ。

『おにい……おまつりって、おかねがないとつまんない……』

そうなのだ。妹はその当時、お小遣いをまだもらっていなくて。

だから何も買えず、ただお祭りの雑踏《ざっとう》に揉《も》まれるばかりで。

俺は胸が締めつけられるような思いがした。だって、さっきまであんなにはしゃいでくれてたのに、と。

おにいと二人、というのに、あんなに喜んでくれてたのに、と……。

だから再び、意を決した。

『よぉし、じゃあゆっこ、特別だ！　一つだけ、俺がなんでも買ってやる！』

もちろんその当時の俺にも、お金はたいしてなかった。

ポケットにはなけなしの、ついこの間もらったばかりの五百円玉が一枚入ってるだけ。

ここで使ってしまったら、残り一ヶ月弱を無一文で過ごさなければいけなくなるところだった。

だけど……俺はそのとき、とにかく妹を喜ばせてやりたかった。

まだ小さいのに。俺に引かれた手だけを頼りに、大喜びで付いて来てくれた妹を。

どれだけお祭りに行きたくても、自分一人ではまだ無理だと分かってたから……素直に俺に甘えてくれた、妹を。

『ホント!?』

『ホントホント』

『んふ～ふ～、じゃあね～……ゆっこね～……』

妹は、さんざん悩んだり俺の意見を聞いたりして、とあるものを一つ選び……。

そして、今じゃほとんど見せなくなった満面の笑みで、屈託なく言ってくれたのだ。

『おにい、だいすき——!』

＊　＊　＊

「…………」

懐かしい夢だった……。

目が覚めてそのまま、天井を見上げながら噛《か》みしめてしまった。

確か、あのときゆっこに買ってやったのは……。

ピロピロピロ!

「っとおっ」

慌てて身体《からだ》を起こし、スマホのアラームを止める。

寝起きのままボケッとしていられない。今日も早いんだった。

さっさと身支度をして、家を出ないと……！


旅行から帰ってきた翌日から、俺はアルバイトを始めていた。

春休みという今の時期だと実入りがいい、引っ越し手伝いのバイトだ。

あの旅行で、おばあさんからご祝儀はいただいたけども……。

それを使って、つぶらへ贈る婚約指輪を買うわけにもいかない。

俺の心意気の問題だった。おばあさんは『労働の対価でもある』とは言ってくれたけど、やっぱりご祝儀はご祝儀で。

だから、このお金はそうおいそれと使えない。将来のためにとっておいて、俺は俺で改めて指輪の購入資金を作らねばと思ったのだ。

というわけで、今日でバイトも三日目。

肉体労働だけに日々疲労は蓄積されていくけど、明確な目的がある状況だったら、そんなのは屁《へ》でもないと感じるものだ。

「お疲れさまでした〜ッ！」

本日の労働を終え、汗を拭き拭き事務所に戻った。

「お疲れさま、功成《こうせい》くんっ♪」

すると、一人の女性が俺を出迎えてくれる。

脱色された明るい髪に、弾むような仕草。そして色白の耳たぶにピアスをつけたお姉さん……。

というか、稀《まれ》先輩だった。

「……未《いま》だに稀先輩に出迎えられるのは慣れませんね」

「アタシはもう慣れたけど？」

ここでアルバイトをすることが決まり、初日の朝、事務所に行ったら、そこに稀先輩がいたから驚いたのなんの。

なんでも春休みの間はと、事務のバイトを俺より一足先に始めていたらしい。

「っていうか、いいよね。こうやって働いてきた功成くんを出迎えられるの。ちょっと新婚さんみたい？　なんて。ひへへ」

「いやいやいやっ、稀先輩が出迎えてるの俺だけじゃないですからっ」

それに、新婚さんみたいというなら、やっぱり家じゃないとピンと来ないし。それに関しては――

「わざわざ事務室出て出迎えるのは功成くんだけだよ？　アタシの、特別な……♪」

「だーかーらーっ。そういうこと言ってくれちゃうから俺は未だに稀先輩に出迎えられるのに慣れないんですって！」

「功成くんってばホーントつれないんだからなぁ」

「そりゃそうですよ……」

というか、こうやってやり取りしてると、周りが気になってしまう。

「まさかバイトの星井出《ほしいで》くんと青原《あおはる》さん、付き合ってる？」なんて思われたら、稀先輩がどれだけそれに乗っかろうとすることか……！

まあ、幸い周囲の人にはあまり気にされず、普通に流されていたけども。荷運び組は気にするどころではないほど疲れているのかも知れないし、事務組は単に忙しくてそれどころではないのかも知れない。

そうなると一人、出てきてしまってる稀先輩は大丈夫なのか気になるけども……。

「それで功成くん、明日も入るの？」

と、そういう確認もあるってことで、大丈夫なのかも知れない。まあ、その辺稀先輩はわりとそつがなさそうだしな。

というわけで頭を切り替え、頷《うなず》いて応える。

「もちろんですって。今週は入れるだけ入りたいんで」

「わお、頑張るなー」

と目を丸くしたかと思うと、稀先輩は髪の毛を指に絡めながら苦笑を浮かべる。

「そんなに連日一生懸命だと、デートにも誘えないや」

「だから誘われても行きませんって！　申し訳ないですけど」

「アタシ、何度ブロックされてもめげずにトライするタイプなんだよね」

「それはなんか、分かりますけども……これでもかと言うほどに……！」

「へへー、功成《こうせい》くん分かってくーれたー」

「肩に頭コテンとしてこないでくださいって！」

マジで他の人の目もあるし！　というか稀《まれ》先輩、ホントいい匂いするし！

「稀先輩が彼女だと勘違いされても困るんでっ……」

「あん。もう、ホント功成くんってば、初鹿野《はじかの》に操立てしてるんだからなぁ」

埒《らち》が明かないときちんと言葉にして窘《たしな》めると、稀先輩は悪びれずに身体《からだ》を離し、肩をすくめた。

「そりゃそうですよ、なんたって――」

「……初鹿野に婚約指輪を贈るために、そんな頑張ってるくらいだもんね」

――こういう風に遇《あ》ってしまったら隠しようがないので、稀先輩には一番最初に、その件について明かしている。

言ってしまえば、それは「稀先輩に対する拒絶」だ。だから、一面申し訳なくもあったけど……。

「功成くん」

そこで稀先輩は真面目な顔になった。

「は、はい……」

「指輪を贈るんだったら、ちゃんと事前に指のサイズ、測らせてもらっておかなきゃダメだよ？」

「……稀先輩」

「あーあ、こういう敵に塩を送るようなコト言っちゃうんだもんなぁ、アタシ」

照れくさそうにそう笑って、稀先輩はうーんと伸びをする。

そして俺を見ると、指先でピアスを弄《いじ》りながら、

「アタシも頑張らなきゃな」

「な、なにをです？」

稀先輩は歯を見せて苦笑して、言った。

「……功成くんの諦め方！」

今日の分の日当をもらい、疲れた身体を引きずるように帰宅する。

三日勤めて多少慣れてきたし、やる気と気合いは充分とは言え——そこはさすがに、力仕事。

筋肉痛なんかもあったし、それを抜きにしても身体中《からだじゅう》あちこちに、じっとりと疲れがまとわりついていた。

が……それも家に着くまでの話だ。

そう。俺がバイトを始めてから、嬉《うれ》しい展開が一つあったのだ。

というのも——

「ただいま〜」

玄関を開けると、ふわっと夕食のいい匂いが漂って。

「あっ……お帰りなさい、先輩っ……」

そしてエプロンを着けたつぶらが、奥からパタパタと出迎えに来てくれる。

——そう、これだ！　これこそが、だ！

「お疲れさまでした、先にまず、お風呂ですよね。上がったらすぐにご飯が食べられるように、支度しておきますから」

「あ〜もう……っ！」

がくうっ！と疲れではなく愛《いと》しさで、玄関先で崩れ落ちる俺である。

「せ、先輩!?　なんで今日もいきなりうずくまったりなんかっ……」

実を言うと昨日も同じ状態になっていたのだが、それはさておき。

「いやだって……ホント新婚さんみたいだし、エプロンつぶら可愛《かわい》いし、かいがいしくって涙が出そうになるし、心底つぶらいてくれてありがたいし、あ〜もう、好きだ……！　ってさ……」

なのである。申し訳ないけど、稀《まれ》先輩の出迎えとはわけが違う。文字通り疲れも吹っ飛ぶに決まっていた。

「あっやっ、はっ、はいっありがとうございますっ、そのっ……わ、私も好きです！」

「そうやって一生懸命応えてくれるところもさぁ……」

「そ、それは先輩が一生懸命伝えてくださるからですっ。あと……ありがたいのは、私の方も、なんですから」

俺が起き上がると、そそ、とつぶらは身体を寄せてくる。

そしてギュッと俺の腕を抱き、頬《ほお》を押しつけるようにしてきた。

「……汗臭いぞ？」

くすぐったい嬉しさを覚えつつも、一応、言う。

しかしつぶらは案の定、頬を擦《こす》り付けるように顔を振って、

「構いません……先輩が、私のために……私に婚約指輪を贈るために、働いてきてくださった匂いなんですから」

「……つぶらだって俺のために、食事の支度とかしてくれてたじゃないか」

「はい……ですから、よろしければその、か、嗅いでください……私の匂いも……」

「……すうぅ」

大人びた稀《まれ》先輩のそれとは違う──どこか甘酸っぱいミルクのような、つぶらの髪の匂いを俺は胸いっぱいに吸い込む。

「すうぅ……ん……」

つぶらはくすぐったそうにしながらも、俺と同じように、俺の汗ばんだ匂いを吸い込んでくれていた。

それでムズムズとした感覚と共に、「つぶらのところに帰ってきた」なんて思ってしまうんだから……本当にもう、俺たち新婚さんみたいで。

「ふ、ふふっ、それじゃ先輩、お風呂をどうぞ。タオル、こちらです」

「うん、ありがとう……ホント毎日」

「こ、これは彼女の務めです」

つぶらは恐《こわ》い顔をする。でもそれは可愛《かわい》い顔だ。俺にとっては。

そして、俺の彼女は言ってくれるのだ。

「私はまだ、アルバイトが出来ませんから……せめてこれくらいはしませんと」

つぶらは婚約指輪を贈られる側だ。だから、待っていてくれればいいんだけど……。

そこは生真面目で律儀なつぶら。俺がバイトを始めたという話を聞くと、「自分はただ待っているだけだなんて気が済みません！」と、こうして毎日俺の家に通い、バイトから帰ってきた俺のために世話を焼いてくれるようになっていた。

もちろん、うちの両親やお母《みさお》さんの許可を取って、だ。

となるとつまりこれは両家の親公認の疑似新婚生活というか、シミュレートなわけで……。

俺も熱い湯に浸《つ》かりながら、思わずニヤけてしまいもする。もはや疲れもすっ飛ぶどころか、綺麗《きれい》さっぱり忘れてしまうというやつだった。

そうして髪を拭き拭き風呂から上がると、つぶらが料理と共に、再び出迎えてくれる。

「お帰りなさい、先輩。お夕食の支度は調っていますっ」

今日の主菜はししゃもを揚げたものをお酢にくぐらせたやつで、これまた、俺の疲れを考慮してくれている出来た嫁っぷりだった。もうこの段階ですでに「すぐ嫁に来てくれ！」って感じだ。

まあ、それが今はまだ無理だからこその俺たちなんであるが。

「ホントありがとうな、つぶら。それじゃあ、いただきま～す」

「いえいえ……はい、召し上がれ……ふふっ」

「はぐ……うん、旨《うま》い！　今日もつぶらのご飯旨いなぁ」

「ふふふっ、よかったです。ゆっくり召し上がってくださいね、先輩」

と、自分も箸を取り上げながら、俺が食べているところを幸せそうに目を細めて見てくれてるのもたまらない。

中学二年でここまで、新妻感を醸し出せる女の子もそうはいないだろう……マジで……。

そう考えると、早く彼女ときちんと結婚したい！という思いが強く胸に湧き起こるわけで。

「あ、そうだ、つぶら」

そこで、帰りがけに稀《まれ》先輩と話したことを思い出した。

「はい、なんでしょうか、先輩♪」

「サイズ、教えてもらえるか？」

「…………」

確かに指輪を贈るとなったら、ブカブカのものやキツキツのものではまずい。事前に聞いておいて、ぴったりのものを買う必要がある。

……本人も言ってたけど、言わば恋敵なのに、きちんとそういうアドバイスをしてくれるところが稀先輩だよな。人がいいというか、ほっとけないたちというか。

あの人のそういうところは好きだけど……いや、そこは深く考えるのはやめよう。とにかく今はつぶらの指輪のサイズだ。

「やっぱ、聞いておかなきゃってさ」

と、言葉を重ねると……。

「っ……」

つぶらはそこで顔を真っ赤にし、モジモジし出した。

「き、聞きたいんですか、先輩……そんなこと……」

「えっ、女の子的にそれって恥ずかしいものなの？」

「あああ当たり前ですっ。恥ずかしいに決まっているじゃありませんか！」

そ、そうだったのか……！　知らなかった……。

「で、でもごめんっ。そこはやっぱり事前にきちんと聞いておかないとだしっ」

「じじ事前にっ。事前……ははいっ、そ、そういうものなんですね、はい、そういうものなんですよねっ……男性的には……」

「うん、まあ男的にはというか、一般的には？」

「一般的には！　そ、そうなんですか、でしたら……はい……分かりました……」

「ってわけで、いくつなんだ？」

「そのっ……そのっっ……え、H65ですっっ！」

「…………へ？」

指輪のサイズって、○○号とかじゃなかったっけ？　H65って……。

「〰〰〰っ」

つぶらは耳まで真っ赤になって、胸を覆《おお》い隠していた。

……ひょっとして。

「――っ!? ち、違うって！ ブラのサイズじゃなくて指輪のサイズ！」

「あっ……そそ、そうだったんですか、すみませんっ！」

「いやいやっ、こっちこそ紛らわしい聞き方しちゃって悪いっ！」

「すみません、ごめんなさい、忘れてくださいっ……！」

「あ、ああっ、ああっ……！」

とコクコク頷《うなず》きながら、「無理だ……！」なんて思ってしまう俺。

いや、だって。背が低いわりに胸が大きいとは思ってたけど、具体的にHカップだと言われると……もう脳に刻み込まれちゃうに決まってるだろ……！

「…………」

「…………」

ちょっと気まずく、ムズムズと落ち着かないような沈黙。

「その……」

それを破ったのは、つぶらの方だった。

「そ、それで、ですね」

「う……、うん」

「ゆ、指輪のサイズですけど……すみません、私、今までに測ったことがなくて」

「あ……そうなんだ」

というか、俺も測ったことはないけど。

「まだ中学生ですから、指輪をつける習慣もありませんし」

「そ、そうだよな。それじゃあ――」

……そんな子に婚約指輪を贈ろうとしてるんだなぁ、とか、まだ中学生なのにおっぱいはHカップもあるんだなぁとか、いろいろ考えてしまいつつ。

スマホで大急ぎで検索し、指輪のサイズの測り方を調べた。

「えーっと……要するに指の太さで決まるみたいだな。それじゃあ……」

「糸か何かを巻き付けて、測ればいいんですね」

「だな」

というわけで、リビングチェストから手頃な紐《ひも》と油性ペンを取り出し、つぶらの向かいに座る。

「じゃあ……左手の薬指、いいか？」

「は、はい、お願いします……」

少し頬《ほお》を染めながら、そっと左手を差し出してくるつぶら。

見るからに小さく、細い手で……それがまた、俺の心臓を高鳴らせた。

「ま、巻くぞ？」

「はい……んっ」

つぶらの薬指に、紐《ひも》を巻き付ける。

キツくしないように、優しく。だけどぴったりになるように、気を遣ってギリギリに。

まるで——何かの予行演習みたいだ、なんてふと思った。

「ん、ぅ……ふ……」

つぶらもひょっとしたら、そう感じてくれてるのかも知れない。漏《も》れる吐息《といき》は、どことなく色っぽくて。

つぶらの指のサイズを測ってる——ずっと、身につけてもらうもののために——すごいことを、させてもらってる。率直にそう思った。

近い将来、俺はこうやってつぶらの手を取って、指輪を贈るんだ……。

早くその将来が来て欲しい……早く、「本番」を迎えたい……。

「ん、っと……」

そして俺は印をつけると、つぶらの指から紐を解いた。

そのまま定規を当て、印と印の距離——すなわちつぶらの薬指の太さを測った。

「45ミリ……ってことは、ぴったり5号か」

対照表と照らし合わせて、算出する。下から5番目の小ささだった。

「そ、そうなんですね、覚えておきます」

「ちなみに俺は……」

気になって、自分の薬指の太さも測ってみた。

結果は、55・5ミリ。15号だった。

「つ、つぶらと10号も違うんだな……」

「そ、そうなんですね。先輩、おっきいです……」

「い、いや、つぶらが小さいんだと思う……女性の平均は8〜10号みたいだし」

「あ……は、はい、そうですよね、そうなんですね、はい……」

な、なんだろう、この無性なまでのドギマギ感。

体格差がかなりあるのは分かってた。だけど、ここまで違うんだ、というのが一つ。

そして……バストがHカップの女の子の手が、指輪は平均よりかなり小さい5号……。

なんだか、とてつもない秘密を教えてもらえたみたいで。

「あ、あの、先輩。なんだか恥ずかしいですから、内緒にしておいてくださいね」

その気分もまた、つぶらと共有してしまっているようだった。

頬《ほお》をバラ色に染めて恥じらうつぶらに、俺はコクコクと頷《うなず》いて返す。

俺だけが知ってる、彼女の身体《からだ》の数字……。

そんなの、秘密にしてしまいたいに決まってる。

いや、もちろん、実際に指輪を買うときには、店員さんに伝えなきゃいけないんだけど
……それまでは。

「内緒にする」

「は……はい、お願いします……」

「…………」

「…………」

そしてまた、しばしの沈黙。

今度は気まずさはなく、代わりにどこかくすぐったくて。

「ふ、ふふっ」

「はは……」

目が合うと、ついつい笑い合ってしまうくらいだった。

「先輩……」

つぶらがまた、身体《からだ》を寄せてこようとする。

「つぶら――」

俺は両手を広げ、それを迎え入れる体勢を取ろうとして――

ピンポーン！

「「ッ――!?」」

二人で慌てて飛《と》び退《の》いた。

だ、誰だよこんな時間に！

「はいっ!?」

『わっ、び、ビックリした……えっと、わたしだけど……』

インターフォンのカメラに映し出されていたのは、またしても小津《おづ》だった。

「お、おう。またゆっこに呼ばれたのか？」

『ああ、ううん、そうじゃなくて……自主的にっていうか……』

と、手にしていたらしい大きな鍋をカメラに近づけて、

『カレー作り過ぎちゃったから、よかったらどうかなぁって……！』


とりあえず、上がってもらった。

「あ、違うよ、深い意味はないからね、ホント作り過ぎちゃっただけだからっ……」

「こんばんは、梅香《うめか》さん」

「…………」

鍋を抱えたままあせあせと言っていたと思ったら、つぶらに挨拶されて固まる小津だった。

そして俺たちの前に調っている食事を見ると、ぎぎぎ、と音がしそうな感じで俺に視線

を向けてくる。

「ここんとこ俺がバイト入れまくってるから、つぶらが気にして毎晩メシ作りに来てくれてるんだよ」

「私はまだアルバイトが出来ませんから、せめてこれくらいは、とっ」

俺が補足すると、フンスッと両手を握るつぶら。

すると小津《おづ》は驚いたように口を開けて、

「な、なんで……そんな……」

「いやまあ……な？　つぶら」

「はい……ふふっ」

俺たちは顔を見合わせ、笑い合う。

「つぶらに婚約指輪を贈るためにさ」

「…………！」

その説明だけで、あらましを理解してくれたらしい。

小津はゆっくり鍋をコンロに置き、そしてガクゥンと打ちひしがれた。

「む、無駄だった……ッ！」

……うーん、申し訳ないけどここはなんとも言えない。

稀《まれ》先輩よりは遥《はる》かにマシなんだけどな、直接的にどうこうっていうんじゃない分。

「ってわけでこのとおり、俺のメシは大丈夫なんだけど……ゆっこがまだ食ってないと思うから、それでどうだ？」

「そ、そうだよねっ」

そう言うとコロッと立ち直る（？）小津だった。

「このカレーはゆっこに差し入れに来たの！　別に功成《こうせい》にどうこうってわけじゃないから！」

ということにしてくれたらしい。かなりありがたい。

「ってわけで、えっと、ゆ、ゆっこは？」

そして小津は表情を改め、小首を傾《かし》げる。

「ああ、うん。部屋だと思うけど――」

と、俺が階段の方に視線を向けると、

「びくっ」

そこにいた。というか、インターフォンを聞いて降りてきて、こちらを覗《のぞ》き込《こ》んでいたらしい。

そして見つかってしまっては、ということなのか、ヘラヘラ笑いながら軽い足取りでダイニングに入ってくる。

「や～、梅《うめ》ちゃん。つぶってば通い妻だよね～、さすがだよね～」

「え、や、あ、うん……」

「だからお邪魔するのも悪いし、ゆっこは梅《うめ》ちゃんカレー食べてさっさと戻ろうかな〜」

そう言って、ぴょこんと自分の席に着く。

俺とつぶらは顔を見合わせた。

「ゆっこ、その……」

「……いいの？」

「何が？」

「何がって……」

——あの旅行の、あの発言のあと。

『ゆっこはおにいのことなんか好きじゃないから！』

そう叫んだあとゆっこは即座に、今まで頑《かたく》なに続けていた婚約への反対を撤回していた。

ゆっこもやっぱ賛成、今まで振り回してごめんね、と……。

つまり、家族で反対する人間はいなくなった。全員賛成になった。

しかし、それで万々歳、何もかも解決——というわけにもいかなかった。

俺もつぶらも、引っかかるに決まっている。ゆっこの気持ちが。

俺のことが好きじゃない、という言葉を、真っ正直に受け取れるわけがない——

だから、例えば、

「……悠伊《ゆうい》は何か、しなくてもいいの？」

つぶらはゆっこに、毎日、そんなことを尋ねる。

「エプロン、使うならいつでも返すけど」

答えはいつも決まっていた。

「ゆっこ、元々家事やらないし……」

放り投げるように、そう言って。

「梅ちゃん、カレーよそって～」

「あ、うんっ……ちょっと待ってねっ」


そうしてゆっこは小津《おづ》にカレーをよそってもらうと、パクパク食べてすぐ部屋に戻ってしまった。

相変わらずのつかみ所のなさ。感情の、読めなさ。

それだけに……俺もつぶらも、引っかかり続けてるのであった。


「実際さー、功成《こうせい》くん的にはあの子ってどんな妹だったワケ？」

明くる日のバイトの休憩中。事務所の休憩室で。

飲み物片手の稀《まれ》先輩にふとそんなことを聞かれ、俺はしばし考え込んだ。

稀《まれ》先輩には、指輪のことを打ち明けていることもある。なのでこの際だとばかりに、先日の旅行のことやここ最近のゆっこの様子のことも聞いてもらっていたところだった。

もちろんその辺は、おいそれと人に話すことじゃなかったけども……俺とつぶらだけじゃ、どうしてもよく分からないところがあったし……。

「聞かせて欲しいな」

何より、稀先輩のこの開けっぴろげで頼りになる雰囲気も大きかった。

俺はそれに、言わば甘えさせてもらっていた。そういう付き合い方を、ここのところの稀先輩も望んでいるようだったし……。

「まあ……何考えてるのかよく分からない妹ですよ、とにかく」

「アハハ、それは分かるかも」

なので俺がゆっこについて語り始めると、稀先輩は楽しそうに頷《うなず》いてくれた。

「自分の考えを他人につかませないようにしてるっていうか、ね」

「そうそう、いつも相手を煙《けむ》に巻くというか」

「分かる分かる。すっとぼけてる感じだよね、常に。あの子って」

稀先輩もゆっこのそういうところは、きっちりつかんでくれているらしい。俺の知らないところで、女同士の交流が結構あったんだろう。

なら、なおのこと――と、俺は話を続ける。

「……けど、俺とつぶらのことは応援してくれてたんです、ちゃんと」

そう。つぶらと付き合い始めたと初めて明かしたあの日。にっこり微笑《ほほえ》んでくれたことを思い出す。

「祝福、してくれてたんです。その後も色々、世話焼いてくれたりしてて」

「うん、なんか、そうみたいだよね。その辺は小津《おづ》からも初鹿野《はじかの》からも聞いてるけど……」

やっぱり、そうだったらしい。

「……そんな子が急に反対し出したりしたら、そりゃ戸惑うよね。ましてや何考えてるんだかつかめないとなったら」

そしてその指摘は、的確だった。

なので俺は頷いて、

「……でも……ゆっこは、俺やつぶらとは違って現実的ですから」

そう話を変える。ゆっこが今まで口にしたことを思い出しながら。

「ほむ」

「たぶん、色々と歯がゆかったと思うんです。自分ならこうするのにって」

「…………」

「現実的だから……自分では無理だっていうのも、きっと、同時に分かってて」

「……ねえ、功成《こうせい》くん。それって――」

「……はい」

――もし。

思ってしまう。あの旅行の顛末《てんまつ》で。

ゆっこの気持ちが仮に、俺の思ってるとおりだとしたら……。

それはすごく、辛《つら》いことだったはずだ。

ゆっこは常に、何かを我慢しながらだったはずだ。

何か。

そんなの決まっている。

俺はこの前見た、夏祭りの夢のことを思い出す。

もし、ゆっこがあの頃からずっと、俺のことを――

だったとしたら――

＊　＊　＊

「最初は、性格が合わない子だと思いました」

その日の夕方。私は、梅香《うめか》さんと電話していた。

悠伊《ゆうい》について、ＬＩＮＥで語っているうち。文字を入力するのが、まだるっこしくなって。

通話にさせてもらっていた。

梅香さんは、喜んでそれに応じてくれた。

一時期、この人とはそういうことが出来なくなっていたけども……。

それがまたこういう関係に戻れたのは、嬉《うれ》しく、ありがたいことだった。

……その分、梅香さんには何かを我慢してもらっているのだろうけど。

それを詫《わ》びることは出来ない。なんというか、女としての礼儀のようなものだった。

『まあ、真面目さんなつぶらちゃんと、ゆるゆるでだるだるのゆっこだもんねえ……あはは……』

幸い、梅香さんはそのあたりにも一切触れることなく、私に付き合ってくれる。

なので私は、安心して話を続ける。

「ええ、何事にも無関心で。いつだって適当で、投げやりで。世の中の全てのことはどうでもいいことだと、全て他人事《ひとごと》のようなスタンスで」

『て、的確だ……』

「でも……クラスの中でそんな子だけが、私に話しかけてくれたんです」

そう。1年の、初夏のことだった。

私はこのとおりの顔つきと雰囲気だから、それまでクラスメイトの誰からも話しかけられずにいたけれど……

ある日。悠伊《ゆうい》が唐突に言ってきたのだ。

「ねえ、つぶって呼んでい〜い？」と。「宿題教えて」と。

そしてそれから私は、あの子のマイペースさに戸惑わされるばかりだった。

だけど……思うのは。

「あの子がああじゃなかったら、私たち、友達にはなれませんでした」

その事実だった。最初に話しかけてくれたこともだけど——

むしろ、それ以降がさらに。あの子は私に一切怯《おび》えることなく、当たり前のように話しかけ続けてくれて。

だから最初は戸惑わされていても、次第に理解出来るようになった。

この子は私に何か、他の人間にはないものを見いだしてくれている。だからこうして、私が何度すげない態度を取っても話しかけ続けてくれている……。

そう気付けばいつの間にか、私にとっても悠伊は大事な存在になっていた。唯一、友達と呼べる存在になっていた。

そういう構図は、ある意味、先輩と一緒。さすが兄妹《きょうだい》というべきなんだろうか。

周囲を自然と威圧してしまう、私の態度を最初から気にしないでいてくれた二人。

——私にとって、大事な二人。星井出《ほしいで》兄妹。

それでも、あの二人は根っこから性格が違う。

先輩はとにかく真《ま》っ直《す》ぐで、なんに関しても一生懸命。危ういくらいに一途《いちず》で、その代わり、こう言っては失礼かも知れないけれど……ときおり周りが見えなくなるようなところがある。それはむしろ、私の性格に近い。

だけど、悠伊はそれとはまるで違っていて――

「あの子の適当さは、おおらかさで。全て他人事《ひとごと》のようなスタンスは、鋭い客観性と現実感を生んでいて」

『ま、まあ……ゆっこって、ときどきすごい鋭いこと言うもんね』

「はい……私はある種の理想主義者で、ともすれば現実を見失ってしまうこともありましたから、悠伊のそういうところには、すごく助けられることも多くて」

『そう聞くと……いいコンビだよね、つぶらちゃんとゆっこ』

「私も、気付けばそう思っていました。なかなか本人にそうは言えませんでしたけど」

『あはは……それはね』

「…………」

『……つぶらちゃん？』

「でも……友達にはなれても……姉妹には、なれないんでしょうか」

『…………』

つい、こぼしてしまった。

ここ最近、ずっと感じていた不安。

「本当はもう、友達でいることも難しいんでしょうか。私が、あの子のお兄さんと、付き合い始めてしまったら……」

『……う～ん』

電話の向こうで、梅香《うめか》さんは少し言葉を選ぶ気配。

『……ゆっこって、ね？』

やがて、ゆっくりと言葉を継いだ。

『デフォルトがあんな立ち居振る舞いだから、そんなイメージないかもだけど……なんだかんだで昔から、結構お兄ちゃんべったりの子ではあったんだよね』

「そ、そうなんですか？」

なんだかんだで、仲のいい兄妹《きょうだい》だとは認識している。だけど悠伊《ゆうい》はあのとおりのマイペースさだから、それぞれ別々に暮らしてきたようなイメージがあったけども……。

『わたしが知り合った頃なんか、ホントいつでも功成《こうせい》にくっついてきてたよ？　まあ、それからわたしと仲がよくなってからは、さすがにそういうのは減ったけど……それでも、なんだかんだでゆっこがおにいと一緒にって言い出さなければ、わたしと功成、そこまで行動一緒にしてなかったと思うもん』

「…………」

私は想像してみる。小さな頃からずっと、すぐ側《そば》に先輩がいてくださったら。

──きっと、私もべったりだったはずだ。ずっと一緒にいたかったはずだ。

『で……わたしは知ってのとおり、あはは、見栄《みえ》っ張《ぱ》りなだけのヘタレだったから、たぶん……ゆっこ的には安心だったと思うんだよね』

「安心、ですか？」

『そうそう。おにいを取らない相手。それにわたしは基本的に功成どうこうじゃなくて、まずゆっこの幼なじみだったわけだしさ』

「ああ、はい……なるほど……」

と納得して、そして梅香さんが何を言いたいかを理解する。

「すると、私は……そうではなくて」

『うん、なんていうか……つぶらちゃんには、おにいを取られちゃう、取られちゃったって……そんな感じで、寂しくなっちゃったのかなって思ったり』

「…………」

ずっと、側で先輩と悠伊を見てきた梅香さんだ。仰《おっしゃ》ることには、一理あるだろう。

だけど……。そう、たぶん。

「そういうのも、あるんでしょうけど……」

それだけじゃ足りない。
それだけだったら彼女は、おばあちゃんちで、あんな風にはうろたえない。
おにいのことなんか好きじゃないから、なんて言っていたけれど——
「どうあれ、あの子が先輩を嫌いなわけがないんです」
そう、それは分かる。
同じく、先輩のことが好きな身として。
だからこそだった。
「だから……腹が立つんです、今の悠伊《ゆうい》には……」
そう。何かを必死に誤魔化《ごまか》そうとしてるように、私には思えて。
先輩のことまで、投げやりに扱おうとしているように思えて。
——本心を隠そうとするのは、たぶん、あの子の習性みたいなものなんだろうけど。
私には、あの子の境遇が、うらやましいくらいなのに……。

＊　＊　＊

引っ越し屋のアルバイトを始めて一週間ほどが経《た》った。

「ぶっ……はぁっ！」

さすがに、気力だけじゃ誤魔化しきれないほどに疲れが溜《た》まってきていた。

今日の仕事もなんとか終えたが、家に帰り着くのも一苦労という感じで……。

「しかもその上、今日はつぶらが来られないんだよな……」

ぼやきながら家の鍵を開ける。

そう、家の用事だとかで、つぶらは三日ほど今までのように食事を作りには来られないそうなのだ。

だからドアを開けても、あの出迎えがない……今までが幸せだっただけに、ひどく物足りなく感じてしまう。

とはいえ、無理なものは仕方がない。とりあえずフラフラとリビングにたどり着き、ソファにへたり込む。

そこで気付いた。

「あ……晩飯、買ってくるの忘れた……」

今日は帰りがけに買ってこなけりゃいけなかったのに……。

今から、出直して……いや、でもそれはしんどい……せめてもう少し休んでから……。

ああ、けどこの感じだと、食べそこねたまま寝ちゃいそうな気も……。

どうしよう……疲れた身体《からだ》に鞭打《むちう》って、コンビニ行くか……。

と、疲労のあまりうだうだと考え込んでしまってたところだった。

「……おにい？」

「え……？」

いつの間にか、降りてきていたらしい。ゆっこがこちらを覗《のぞ》き込《こ》んでいた。

ここのところ、俺やつぶらからは微妙に距離を取ってたのに……。

「だいじょうぶ？」

「あ、ああ、うん……」

「…………」

「…………」

俺が答えると、ゆっこは物陰で逡巡《しゅんじゅん》する気配。

俺はなんとなく落ち着かない。ゆっこのやつ、今日はどうしたんだ？

と思っていると——

「……おにい、ごはんは？」

「ああ、ちょっと買ってきそびれちゃってさ。どうしようかと考えてたところ」

「ふ〜ん……」

ゆっこはふわふわとした足取りで俺のところまで歩いてくる。

そして羽織っていたパーカーのポケットから手を出すと、

「じゃあ……ゆっこが作ってあげよっか？」

自分を指さしながら言った。

「へ？」

「今日、つぶが来ないんでしょ？　だったら」

「い、いや、それはありがたいけど……おまえ、出来るの？」

「疲れてるおにいよりはマシなんじゃない？」

それを言われるとアレなんだけど。

しかし、ゆっこが台所に立ってるところなんか、見たことないし……お願いしちゃっていいんだろうか？　というか大丈夫なんだろうか？

「い～から座ってて」

「お、おう……」

立ちあがりかけた俺を強引に座らせると、ゆっこは普段つぶらに貸しっぱなしにしている自分のエプロンを着け、冷蔵庫の中身の物色を始めた。

そして十数分後。

「ほい、出来た」

「………」

俺の目の前には、ホカホカと湯気を上げる、野菜たっぷりの中華丼が出てきていた。

「ゆ、ゆっこ、おまえ……料理出来たのな……」

「これくらいなら、作ってるところ見てるだけでも覚えられるし」

と言いながら、くふ、と含み笑いをして、

「それより、問題は味でしょ？」

「ま、まあそうだな……じゃあ、ありがたくいただきます」

「ほ～い」

ちょっとドキドキさせられながら、スプーンですくって一口。

「もぐ……あ、普通に旨《うま》い……」

「……んふ～ふ」

ゆっこは目を細めて笑うと、ふわりと俺の前に座って、

「よかった」

「…………」

ひさびさに見る、満面の笑み。それに俺は不覚にも、ドキッとさせられてしまう。

なので気恥ずかしさも手伝い、話を変えたくなる。

「で、でもさ、どういう風の吹き回しだよ」

「何が……？」

「今日はつぶらが来ないからって、俺の世話焼いてくれるなんてさ」

「…………」

「その……俺のことなんか、好きじゃないって言ってたのに……」

「それ嘘《うそ》」

「ッ……」

「って言ったら、んふ、おにい……どうするの？」

「ど、どうするも何も……嬉《うれ》しいけどさ」

「つぶがいるのに？」

「そ、それは別の話だろ」

つぶらは彼女でゆっこは妹で……それで、妹に嫌われて嬉しい兄貴なんかいるもんか。

「……ちょろおにい」

「あ？」

「兄妹《きょうだい》だなって」

「な、何がだよ」

「実はね、結構ドキドキしてたの。余計なことするな、ゆっこはそういうことするなって、拒否られるかも知れないーって」

「それは……そんなわけないだろ」

「うん、おにいはそうだよね。やっぱり」

ふ、とゆっこは少し遠い目をする。

「昔からそうだもんね、おにいは」

「……おまえの兄貴だからな」

「うん……だから、ゆっこね～……」

テーブルに頬杖《ほおづえ》をつくと、ゆっこは猫のように目を細めて俺を見て。

そして言った。

「やっぱりおにいが好き」

「ッ……そっ……それって——」

「女の子として、だよ？」

「おまっ……何をっ……」

「ゆっこね～、自分で言うのもなんだけど、ムチムチしてて結構抱き心地いいと思うんだよね～」

「いきなり何を言ってんだおまえは⁉」

「んふ、分かるでしょ？」

「…………」

「つぶとの婚約は、了承したけど……」

ゆっこは口元に手を添え、ほくそ笑んで、

「言ったじゃん？　気持ちが変わらない保証はないって」

「ゆっこ、おまえ……」

「今まで、ずっと、押し殺してきたけど……自分は妹だからって、あり得ないって我慢して……おにいが他の女の子とくっつくの、後押ししてきたけど……」

「…………」

「もう、や～めた。難しいこと考えるの」

そうしてゆっこはパーカーのファスナーをゆっくり下ろしていく。

……下は、シャツを着ていなかった。

だから歳《とし》のわりに見事な胸の膨らみが、どんどん露《あらわ》になって……。

「おー、にい」

「な、何を……」

「ゆっこは……いいよ？」

「だから何をっ……」

ゆっこは満面の笑みで言った。

「妹で、童貞捨てちゃいなよ」

「ッ――――！　バカ言うな！」

さすがに、俺は立ち上がった。

ゆっこに歩み寄ると、勢いよくパーカーのファスナーを上げさせた。

そして怒鳴った。

「ゆっこおまえ、俺が乗ってくるわけないって分かって言ってるだろ⁉」

「……そんなことないけど？」

「ないわけあるか！　おまえが分からないはずないんだから！　ずっと俺を見てきた妹なんだから！」

「……ずっとおにいを見てきた妹だから、なんじゃん」

「だからなおのことだろ！　それに、現実的なおまえに、そういうのが無理だって分からないわけが――」

「分かるから、今までずっと言えなかったんじゃん」

「おまっ……」

「この前、つい……好きじゃないなんて言っちゃったから……それを取り返そうと、必死なだけじゃん……」

本気か。

「つぶにはもう、これ以上負けたくないって……」

本気なのか。

「つぶから、おにいを奪ってみせるって……」

だとしたら、俺は――

「いいから、一度落ち着け！　ごちそうさま！」

強引に打ち切って、立ち去るしかなかった。

「あ～、待って～」

妹のその言葉に、強烈な罪悪感を覚えつつも。

妹の告白に、猛烈に動揺させられつつも……。


幸い、ゆっこは俺を追ってくることはなかった。

だから俺も、その日はあえて何も考えないことにして、強引に眠りについた。

そして翌朝……。

ピロピロピロ、ピロピロピロ……。

「んぁ……」

スマホのアラームの音で目を覚ます。身体《からだ》も頭も重かった。

とりあえず、止めないと……。

目も開けきれないままに、手探りで枕元に手を伸ばした。

そこで。

──ふにゅっ。

「あん」

「えっ？」

パッツパッツに張った、だけど柔らかな感触とそんな声。

「お〜は〜よ……お〜に〜い……♪」

「…………」

ゆっこが俺の布団に潜り込んでいた。

そして俺はゆっこの胸を思いっきり触ってしまっていた。

「うわあああああああああぁ!?」

飛び出した！　そりゃ飛び出しますとも！

「なんだも〜、傷つくなぁ……」

不満げに唇を尖《とが》らせながら、ゆっこも俺を追って布団から出る。

「ゆ、ゆゆゆゆゆっこっ、おまっ……」

「起こしてあげようと思って」

「そりゃものすごい勢いで目が覚めたけども！」

「ゆっこのおっぱいのパワー。んふ」

「それを言うなぁ！」

「どうして？　おにい、触ってくれたじゃん」

「不可抗力！　不可抗力だから！」

「ふ～ん……おにい、乙女の大事な場所に触れておいて、不可抗力で済ますんだ」

「うっ、ぐっ……!?」

ゆ、ゆっこのやつ、昨日より攻め攻めだっ……！　着実に俺の弱みを突いて、追い詰めにかかってきてるっ……！

いや、ある意味とてもゆっこらしいけども！　昨日のしっとりした雰囲気より全然！　しかしそういう問題ではないのである。

「不可抗力じゃないんなら……このまま、おにいの好きにしてくれていいよ……？」

「ごめん、それについてはごめん！　でもっ……好きにするわけあるかあぁっ！」

俺は着替えをひっつかみ、部屋を飛び出した。

「あん、おにい、どこ行くの～」

「このままバイト行く！」

「朝ご飯は～？」

「今日は抜きっ……とにかくそういうわけだからっ……！」

——俺はいったいどうすればいいんだろう。

「あれ、功成《こうせい》くん早くない？」

いつもより一時間以上早くバイト先の事務所に着くと、すでに来ていた稀《まれ》先輩に声をかけられた。

「ええまあ……ちょっと……」

「あ、分かった。気合い入れ直してるんだ。結構連続でシフト入れてるし」

「ま、まあ……そんなところです」

さすがに『朝から妹に誘惑されかけました』とは言えない。

そして家に帰れば、またゆっこがああしてくると思うと……。

「……あの、稀先輩」

「なーに？」

「残業とかって、ないですかね……？」

「わ、これ以上頑張る気なんだ、功成くん」

「いやまあ……」

——あんなゆっこにどう相対すればいいのか、まだよく分からない。

少し、時間を置きたいというか、間を空けたいところだった……。

「せっかくなんで、稼げるときに稼いでおきたいといいますか」

「あんまり無理しすぎると身体《からだ》壊すよ？　ヒザ壊したアタシが言えた柄じゃないけど」

「お願いします、頼めますかっ」

「まあ、分かったけど……チーフに話し通しておくね」

「ありがとうございますっ……！」

先送りだというのは、分かってるけど……。

自分がどうしたらいいか、まだよく分からなかった。

――ゆっこの気持ちを拒絶するのは簡単だ。

だけど、それだけでいいのかと……。

だって、これからもずっと、ゆっことは付き合いが続くんだから。

大事な、家族なんだから……。


そうして二日が経《た》った。

その間、ゆっこのことから逃げるように連続でバイトを入れ、かつ残業もこなしたりしていたわけだけど……。

この日の俺は残業せず、定時に家路についた。

今日からつぶらがまた家に来てくれる、というのももちろんあったけど……それ以前に。

「ただいま～……ゲホッ」

家に帰り着いたと同時に、また咳《せき》がこぼれてしまった。

そう……激務が祟《たた》ったのか、俺は思いっきり体調を崩してしまっていた。

今日の仕事はなんとか終えたけど、結果ますます具合が悪くなり、家に帰り着くので精いっぱいというくらいまでになってしまっていた。

「お帰りなさ——先輩!?」

三日ぶりにウチに来ていて、そして以前と同じように玄関まで迎えに出て来てくれたつぶらが、俺の様子を見て飛び上がる。

そして慌てて取りつくと、

「ああ、熱がっ……先輩、横になってくださっ、くっ」

俺を担ぎ上げようとするが、そこは小柄で非力なつぶら。上手《うま》く果たせず、よろめいてしまう。

「わ、悪いつぶら——ゲホッゲホッ！　大丈夫だから……」

「大丈夫なわけありますか、もう満足に歩けなくなっているのに！」

情けないけど、本当に無理が祟ったらしい。俺はもうその場にへたり込み、立ち上がれなくなってしまっていた。

……俺……。

普段、風邪なんかほとんど引かないから、たまに引くとヘロヘロになっちゃうんだよな
「お～にい、お帰り——うわ」

そこにひょこっとゆっこもやってきて、同じく俺の様子を見て固まった。

しかし、ゆっこはそこからが早かった。

「つぶ、反対側支えて。とりあえずソファに寝かせよ」

「あっ……う、うん！　よいしょっとっ……！」

つぶらを促して素早く俺の肩を担ぎ上げると、そのまま俺を支えてソファまで導く。

そうして俺を横たえると、体温計を取り出してきて俺の脇に挟ませた。

「え、ええと、私は濡《ぬ》れタオルか何かをっ……」

一方、つぶらは慌ててしまっていた。しかしゆっこは落ち着いたまま、

「そこの棚に冷えピタ入ってるから。つぶ、貼ってあげて」

「う、うんっ……」

「37度5分かぁ……おにい、普段風邪引かないし平熱低めだから、これくらいの熱でもフラフラになっちゃうんだよね」

「そ、そうなの……先輩、冷えピタ貼りますね」

「うぁ……」

つぶらが額にかかる髪を掻《か》き上《あ》げ、冷却シートを貼ってくれる。染み入るようなその冷たさが心地いい……。

「あとは、あとはっ……ごめんなさい先輩、私、勝手が分からなくてっ……」

「おにいの部屋から布団持ってきて。あとそのついでにお風呂場からバスタオル」

「あ、ありがとう悠伊《ゆうい》っ」

ゆっこの指示を受けて、つぶらが二階に上がっていく。

俺は熱でボーッとした目でそれを追い、そしてゆっこに目を向けた。

「……うん」

ゆっこは切なげな顔で頷《うなず》いた。

「おにいは、嫌かも知れないけど……今は、させて。看病《かんびょう》」

「…………」

おにいは嫌かも知れないけど。

ここのところ、俺がゆっこを避けるようにしてたから……？

「嫌なわけ……あるか……」

俺は搾り出すように言った。そのあと激しく咳《せ》き込《こ》んでしまったが、言わなくちゃいけないと思った。

「ゲホゲホッ……そんな、嫌なわけっ……」

「おにい、無理しないでいいってば」

「嫌なわけないっ……！」

「分かった、分かったから」

「ごめん、ごめんなゆっこ、ゲホッ、俺、どうしていいか分からなくてっ……」

「……おにいを困らせてるのは分かってたけど」

「そうじゃないっ……そうじゃなくて……」

そう――違うんだ。

嫌がって、困ってたわけじゃない。そうだったらどんなに楽だったか。

「俺もゆっこが大事で、大好きだからっ……どうしていいか分からなくなってたんだよっ……」

「――」

ゆっこは少し仰《の》け反《ぞ》るようになって、息を呑《の》んだ。

しかし――

「……んっ！」

ガバッ、とすぐに、俺に抱きついてきた。

「おにい……」

ゆっこの感触と声が、俺に染みる。

俺をいたわるような。それでいて全身で、すがりついてくるような。

「うん……」

「ゆっこも……だから……早く、よくなって……」

「先輩っ、悠伊《ゆうい》！」

そこにつぶらが俺の布団とバスタオルを抱え、戻ってきた。

「あ……」

そして、俺に覆《おお》い被《かぶ》さるように抱きついているゆっこを見て、固まる。

ゆっこはゆっくり身体《からだ》を離した。

「布団、かけてあげて」

「う……うんっ！」

「あとは、看《み》ててあげて。あたしは雑炊作ってくる」

「え……？　悠伊、あなた、料理は……」

「やる。おにいのためだから」

「…………」

「それにね、おにいは風邪引くといつも卵雑炊だから。つぶは知らないでしょ？」

「そ……それは、そうだけど……」

「あと、つぶはおにいの裸まともに見られないでしょ？　だから着替えも、あたしがさせるから」

「わ、私だっていざというときにはそれくらいっ――」

「もし余裕あるなら、ポカリとアイス買ってきて。おにい、風邪引くとアイス食べたくなる人だから」

「そ……、そうなんだ……分かった……」

卵雑炊は、作ったゆっこが食べさせてくれた。

「…………」

つぶらはそんな俺の背中を、黙って支えてくれていた。

「ありがとう、ありがとうな、つぶら……」

その前には買い物にも行ってくれたし、いくら感謝してもしたりない。

「いえ……」

つぶらの返事は短かった。

そうして食べ終わると、ゆっこに手伝ってもらって寝間着に着替えて。

「うぁ……ありがとうな……ゆっこ……」

改めて身体をベッドに横たえる。世話を焼いてもらうありがたさが、熱でボーッとする全身に染みていた。

「今はいいから。……それより、つぶ」

「う……うん」

「つぶはそろそろ、帰った方がいいんじゃない？」

「あとは、あたしに任せて」

「そ、そうだな……ゲホッ、俺のメシ作るために門限延ばしてもらったって言っても、無限なわけじゃないし……」

なにより、お母さんの手前、そういうところはちゃんとしておきたい。

するとつぶらは、苦々しい顔で、

「そう……ですね、私はこれで失礼します……」

「悪かったな、今日は……ゲホッ」

「いえ……、悠伊《ゆうい》、それじゃあとはよろしくお願いします」

「ん……」

ゆっこはつぶらと目を合わせず、声だけで返事をした。

——このとき。

熱に浮かされた俺の、見間違いだったのかも知れない。俺の単なる気のせいだったのかも知れないけど……。

ゆっこの表情は、つぶらに対する罪悪感を噛《か》みしめているように見えた——

一晩寝たら、俺の症状はだいぶ軽くなっていた。

「よかった、おにい。でも念のため、今日一日は休んでてよね」

俺の様子を見に来てくれたゆっこが、体温計を見ながらそう窘《たしな》めるように言う。

「うん……」

俺は布団の中から、そんな妹に視線を送っていた。

その表情に、昨日のような罪悪感めいたものはもうない。

――やっぱり、俺の気のせいだったんだろうか？

――それとも……。

「ん……、なぁに？」

俺の視線に気付いて、ゆっこは小首を傾《かし》げる。

「ああ、いや……ありがとう、ごめんな」

俺は、感謝の言葉と謝罪の言葉が、自然と口をついて出た。

感謝はもちろん、看病《かんびょう》してくれたこと。謝罪は――

「ゆっこを避けてたこと？」

「……うん」

こういうときのゆっこは、とびきりに聡《さと》い。いや、単に長い付き合いで、俺の思考パターンを把握してるってことなのかも知れないけど。

いずれにせよ、ゆっこは髪を掻《か》き回《まわ》して応えた。

「ん～まぁ……それも当たり前だと思うよ?」

「え?」

「ゆっこ、ここんとこちょっと調子に乗っちゃってたし……おにいがどうしたらいいか分からなくなるのも当たり前でしょ」

「それは……」

「とりあえず忘れて、ゆっくりして。それじゃ、なんかあったら呼んでね～」

そう言い残して、ゆっこは部屋を出て行った。

「…………」

俺は——ベッドに身体《からだ》を預け直しながら、ホッとしたような、残念なような、物足りないような、なんとも言えない感情を覚えていた。

そしてそんな自分に、小首を傾《かし》げる。

……俺は、ゆっこにどうして欲しいんだ?

ゆっこと、どうなりたいんだ……?

……そんなことを考えながら、ウトウトしていたからだろうか。

俺はまた、夢を見た。

子供の頃のこと。ゆっこが小学校に上がり、学童に入った頃のこと。

『ゆっこ、おかしいんだって』

その日のゆっこは、凹《へこ》んでいた。

学童で出来た新しい友達と、遊んでいたはずだったのに……。

夜になると部屋で、膝《ひざ》を抱えていたのだ。

どうしたのか俺が尋ねると、切なげな声で言ったのだ。

『自分のこと、ゆっこって呼ぶのとか……おにいのあと、ついて行ってばっかりなのが』

たぶん、何か言われたんだろう。

でも、そこは俺が聞いても詳しくは教えてくれなくて。

今思えば——その日以来、ゆっこは少しずつ自分を『あたし』と言い始めた気がする。

それまでのように、俺のあとをついてくることも、なくなった気がする……。

それは、どういうことだったのか。

ゆっこはいったい何を思って、そういう風に自分を変えていったんだろうか……。


ともあれ、俺は翌日からバイトに復帰することが出来、再び忙しい日々を過ごし始めた。

予定外に休んでしまった分、今まで以上の気合いで——しかし、再び体調を崩さないよう細心の注意も払いつつ。

その間、一つ変化があった。

「おう、お疲れ功成《こうせい》」

俺から話を聞いて、九郎《くろう》も同じバイトを始めたのだ。

「おう、お疲れ九郎。今日は別々の現場だったな」

「それもまたよし。では、休むか」

お互い一仕事を終えて帰ってきたところだ。自動販売機で飲み物を買い、二人で休憩室に向かう。

そうしてベンチに腰を下ろすと、ペットボトルのフタを開けながら俺は問いかけた。

「にしてもおまえ、どうして急に俺と同じバイトなんか始めたんだ?」

「あえて言うなら、気分だな」

九郎も俺と同じく、飲み物を開けながら答える。

「あ?」

「時にはダチと一緒に汗を流すのも悪くない」

「はは……それはなんとなく分かるけどさ」

九郎がバイトに入ってきてから、当然こうやって話す機会も増えた。春休み中だっただけに、しばらくＬＩＮＥでのやり取りばかりだったところだ。一緒に働いて一緒に汗を流し、「お疲れ」を言い交わすのは、普段の遊びとはまた違う楽しさがあった。

「あとは、功成から色々話を聞きたかったからだな」

眼鏡を直すと、ふ……と九郎はニヒルに笑う。肉体労働のあとでも、相変わらずのクールメガネっぷりだった。ただし手元では例のごとく、スマホゲーのスタミナ消費中ではあったけど。

「それだけのために、わざわざバイト始めたのか？」

「目下のところ、おまえのことはオレの最大関心事だからな。趣味の一つのようなものだ。忙しくしているおまえからこのように話が聞けて、金も稼げるとなったら言うことはないだろう」

「そういうもんか」

なんというか、ありがたいな。九郎っていう友人は、本当に……。

「で、どうだ。婚約指輪資金の貯《た》まり具合は」

そんな風に九郎が付き合ってくれるとなったら、こっちも話さないわけにはいかない。だから稀《まれ》先輩と同じく、九郎にもそのあたりのことはすでに聞いてもらっていた。

「そこはまあ……あと数回バイトすれば、とりあえずなんとかはなるって感じかな」

「ほう、頑張ったものだな」

「バイトに関してはな……」

「……引っかかってるのは、妹ちゃんのことか」

「……まあな」

そのあたりのことも、全てではないが聞いてもらっている。

つぶらと正式に婚約すると言い出してから、妹の様子がおかしい。最近、どういう風に接していいか分からなくなっている……。

「ここしばらくは、大人しいのだろう？」

「だから逆に気にかかるというか……」

「ふうむ」

九郎《くろう》はスマホから目を離し、少し考え込む。

「……どうあれ、だ」

やがて、飲み物を傾けるとそう切り出してきた。

「妹ちゃんの看病《かんびょう》が、ありがたかったのは確かなのだろう？」

「そりゃもちろんっ……」

「そして、おまえのためにわざわざ毎日やってきて、メシを作ってくれた初鹿野《はじかの》に対しても」

「当たり前だって！　どれだけ嬉《うれ》しくて、ありがたかったかっ……」

「そこに優劣はない。聞く限り」

九郎はまた眼鏡を直して言う。

「これはオレが傍《はた》から見てるから言えることなのだろうが……」

「…………うん」

「おまえにとって、初鹿野も妹ちゃんも大事だからこそ、どうしていいか分からなくなっているのだろう？」

「…………」

そのとおりだった。俺は頷《うなず》く。

「どちらも大事であれば、それはきちんと態度に示すべきだ」

「う、うん、そうだよな、でも――」

「そう。二人にはある種、共通項がある。しかしだからといって、何もかも同じに扱うというわけにもいかない」

九郎はズボンのポケットにスマホをしまい、立ちあがりながら言った。

「おまえも流石《さすが》に、妹ちゃんの気持ちがどういうものかは分かっているのだろう？」

「……うん」

流石に、分かる。分からないわけがない。

分かるからこそ、どうしていいか分からなくなっていて――

そんな俺に、眼鏡の友人は言った。

「おまえがどうしたいかだ。二人にどう応えたいか、だ。これは『二兎《にと》を追うものは一兎《いっと》をも得ず』という話ではない。何故《なぜ》ならば――」

「どちらもおまえの人生から、切り離せる存在ではないからだ。おまえたちは、家族になるのだろう？」

「う、うんっ……」

「………」

友人のその指摘は——なんだか、ずしんと俺の胸に染みた。

九郎《くろう》の言うとおりだ。つぶらと、ゆっこ。どちらも俺の人生から切り離せるわけがなく……。

同じくらい大事で、そして、将来も一緒に過ごしたい存在だった。

家族でありたい存在。

ただ、唯一違う点があるとしたら……。

……たぶん、そここそが、俺が踏み込まねばいけない部分だった。

大事な、妹に。大事な彼女とは違う形で……。

＊　＊　＊

その後も俺は、バイトに励んだ。

そうして、春休みも残すところあと三日というところで——

俺はその日のバイトが終わったあと、つぶらとゆっこと駅前で待ち合わせた。

「よう、ちょっと遅くなっちゃったか？」

「大丈夫ですっ……先輩、アルバイトお疲れさまでしたっ」

「……ん～」

つぶらもゆっこも、すでに待ち合わせ場所に来てくれていた。

そしてつぶらとは、なんだかんだで顔を合わせるのは久しぶりだ。あの風邪の日に看病《かんびょう》してくれて以来、「すみません、ちょっと」と、うちには顔を出さなくなっていたんだよな。

まあ、また家の用事か何かだったんだとは思うけど……ともあれ。

「ありがとう、とりあえず今日でバイトは終わりだ」

「あ……、そうなんですね」

「うん、だから今日は二人にごちそうさせてくれ。色々、お礼ってことでさ」

そういうわけで二人を笑って促し、ファミレスに入った。

——このとき、俺は気付いてなかった。

二人の間に、一切会話がなかったことに。

それに気付いたのは、席に座り、注文を済ませてからだった。

「とにかく、その節は二人ともホントありがとうな。おかげさまでバイトも続けられて、目標金額まで稼げたよ」

「はい……よかったです」

「……ん～」

「にしても、あのときはなんか、めったにない構図だったな。ゆっこがビシバシ指示出して、つぶらがそれに従うなんてさ。ははは」

「…………」

「…………」

つぶらは眉間にシワを寄せ、ゆっこは睫《まつげ》毛を伏せて頬杖《ほおづえ》をついた。

（あ……）

地雷を踏み抜いたような感覚に、俺はそこでようやく襲われた。

二人の間に漂う空気。

それは俺のよく知っているものと違い、距離を感じさせるもので。

二人は互いを見ようともしない。むしろ、顔を背け合っているかのようで。

「え、えっと……つぶら？　ゆっこ？」

「……私は、ほとんど何も出来ませんでしたから」

つぶらはその状態のまま、歯噛《はが》みするように俺に答える。

「そ、そんなことは――」

「途中で、悠伊《ゆうい》に任せて帰ってしまいましたし……」

「そ、それはしょうがないじゃないか。延びたとはいえ門限があったんだし……」

「だとしても……です」

厳しい顔のまま、つぶらはそこでようやく、隣に座ったゆっこを気にする。

今日の席の並びは、俺が二人に向かい合う形だ。だから、俺からだと二人の表情はよく見えて……。

「…………」

ゆっこは視線を背けたまま、そんなつぶらの台詞《せりふ》を聞き流しているようだった。

……どうしてだ？　あのときは二人で協力して、世話を焼いてくれてたのに……。

「えっと……と、とにかくゆっこ？　あれからつぶらがまた来られなくなった間も、あれこれ世話焼いてくれてありがとうな？」

とにかくお礼の言葉を絞り出すと、ゆっこは細い目で、

「来られなかったんじゃなくて、来なかったんでしょ」

「ッ……」

つぶらが唇を噛《か》んだ。

「こ、来なかった、なのか？　俺、てっきり家の用事か何かがまた入って来られなくなってたもんだとばっかり――」

「……ごめんなさい、先輩」

「…………」

どうしてそんな……。

と、そう思った俺の疑問は、良かったのか悪かったのか、すぐに晴れた。

つぶらが苦い声で言ったのだ。

「私は、悠伊《ゆうい》には敵《かな》わないと思ってしまって……」

「え……？」

「…………」

今度はゆっこが、眉を寄せた。

「あの日。先輩が大変なことになっていて、それどころじゃないのに……私は、ただひたすら、悠伊がうらやましくて。先輩のことをなんでも知っている、先輩のことを、一晩中看病《かんびょう》出来る。私は帰らなければいけないのに、悠伊はって、そう思ったら……」

「つ……、つぶら……」

「だから……その後も、お宅にお邪魔出来なかったんです」

「そんなの」

ゆっこがそっぽを向いたまま、放り投げるように言った。

「つぶの勝手な思い込みじゃん」

「ッ……」

つぶらがますます眉間のシワを深くした。

しかし、まるでそれを意に介していないかのように、ゆっこは、

「あたしがつぶに、敵うわけないじゃん……」

そう囁《ささや》いた。

がたん！　とつぶらはそれを聞いて立ち上がった。

「それこそあなたの思い込みでしょう⁉」

その大声に、店の中がざわついた。しかしつぶらはそれに気付かず、

「私がどれだけ、あなたがうらやましいと思ったか……あなたには勝てないと思ってしまったかっ……」

「……………………っ、そんなのっ」

がたん！　とそこでゆっこも立ち上がった。

「つぶが言うなんて！　つぶは――おにいと結婚出来るくせに！」

「――」

俺は息が詰まった。

しかしつぶらは、その言葉でいっそう激昂《げきこう》して、

「悠伊は私の知らない先輩を十四年分も知ってるじゃない！」

「結婚しなくても、ずっと一緒にいられるじゃないっ！」

「だから何!?」

「そうでしょう!?」

「そんなのっ……」

「そうだけどっ……そんなのっ……！」

気がつけばすっかり、言い合いになってしまっていた。

仲のよかった、親友同士だったこの二人が。

二人とも感情剝《む》き出《だ》しにして、怒鳴り合って。

その展開の意外さに、俺はとっさに口が上手《うま》く挟めない。

でも——分かる。

二人の仲に積もり積もった、不安や劣等感。それが今、全部露《あらわ》になってしまっていて

だからもう、引っ込みがつかない。一度口にしてしまったらもう戻せない。

そしてゆっこは、叫ぶように言った。

「だけどゆっこには言えないもん！」

「何をっ——」

「おにいがずっと好きだったって……ちゃんと、女の子として言えないもん！」

「――――」

冗談じゃ済ませられないことを。
一度俺にこぼし、そして誤魔化《ごまか》していたことを。
つぶらの前で。はっきりと。
自分は、女の子として、兄のことが好きだと――

# 5 ♥ これを受け取ってくれないか

ゆっこは走り去って行った。

「せ、せんぱっ……私、何をっ……」

そしてつぶらは、まるで猛烈な罪の意識に苛《さいな》まれてるかのように、顔を歪《ゆが》めていた。

「でッ、でも私、本当にうらやましくてっ……」

泣きそうな声で、聞かれずとも語り出す。

「今の私に足りないものを、悠伊《ゆうい》は全て持っていてっ……」

その声は、どんどん小さくなっていって。

「だけど、だからって、私っ……」

最後には肩を落とし、そして頭を抱えた。

どうしていいのか分からない、といった風に。

——そう。混乱してしまってるんだろう。

ゆっこが唯一の友達だったつぶらだ。こうやって、友達とケンカするような形になったのは初めてのことなんだろう。

「先輩、私っ……」

もう泣きそうだった。

だから俺は——

「あっん……っ」

強く、包み込むように手を握った。

「大丈夫、大丈夫だから」

それは、根拠も何もなかったけど……でも、俺がどうにかしなきゃいけないことだった。

「先輩……」

安心したように、つぶらがジワッと目を潤ませる。

そして、俺の指に指を絡めてくる。ジンジンと染みるような、温かさと柔らかさ。細さと、はかなさ。それを守りたいなら――

「俺に任せておいてくれ」

キッパリとそう言い、そして人目を盗んで彼女の頬《ほお》にキスをした。

「んぅ……」

彼女は驚くことも恥じらうこともなく、小さなわななきだけでそれを受け止めてくれた。

そして、切なげに息をつくと、

「ごめんなさい……お願いします、先輩……」

声を絞り出すように、そう言った。

「私、悠伊が嫌いなわけじゃないんですっ……むしろ……」

「分かってる、分かってるから……」

その髪を撫《な》で、そして俺は手を放した。

「行ってくる」

少し寄り道をしてから、家に帰った。

家は静まっていて、まるで無人のようだったが……玄関に脱ぎ散らかされていた靴で、ゆっこがすでに帰宅しているのは分かった。

だから俺は真っ直《まっす》ぐ、ゆっこの部屋に向かう。

「ゆっこ？　俺だけど……」

……ノックをしても、返事はない。もう一度ノックしても、同じだった。

「……開けるぞ」

俺は少し考えて、返事を待たずにドアを開けた。

ゆっこはベッドの上で体育座りをして、俯《うつむ》いていた。

俺が部屋に入ってきても、反応を示さない。

だから俺はまた少し考え、ゆっこが顔を上げれば視界に収まる、ベッドの端に腰掛けた。

そして、ゆっこをじっと見つめる。

「……ゆっこ。話していいか？」

「………………」

いじけたように、膝《ひざ》の間にますます顔を埋《うず》めてしまうゆっこ。

やっぱり、このままじゃ埒《らち》が明かない。

だったら――もう――

「ゆっこ」

俺は先ほど買ってきた包みを取り出した。

それを開け、彼女に差し出した。

「これ、もらってくれるか？」

「――――」

ゆっこは息を呑《の》んだ。

俺が差し出したのは――髪留め。

ゆっこがいつも着けている、三角形が組み合わされた意匠のものとは違う……つぶらとおそろいのような、花の意匠のものだった。

ゆっこはそれと俺を見比べて、そして頭の左側に着けている髪留めに触れた。

「ありがとうな、それ、ずっと着けてくれてて」

「おにい……覚えてたんだ……」

「ゆっこが着けてるのが当たり前になりすぎて、ちょっと忘れかけてたけどな」

ようやく言葉を発してくれたゆっこに、苦笑してみせる。

「でも、ちゃんと覚えてるよ。……あの夏祭りのとき、俺が買ってやったやつだって」

それをずっと着けてくれていたってことは——変わってないってことだ。

あの日、俺に満面の笑みで言ってくれた気持ちが。

——おにい、大好き。

俺は少し、身を乗り出した。そしてキッパリと言い放った。


「俺もゆっこが大好きだからな⁉」


「えっ……⁉」

「あの頃からちっとも変わってない。大事で、大好きな、可愛《かわい》い妹だ！」

「あっ、うあっ、おにぃっ……」

ゆっこは珍しく真っ赤になって泡を食い——それでも、何かにすがるように言った。

「でもっ……おにいには、つぶが……」

「つぶらとは別枠だ！」

俺は大きく頷《うなず》いて応えた。そして、言葉を——気持ちを重ねて伝える。

「だって……俺たち、兄妹《きょうだい》なんだからさ」

「————」

「世界でただ一人の、大事な妹なんだからさ」

「………おにい」

それはこれ以上ないほどの事実であり——同時に、ある種の拒絶でもあった。

兄妹だから、大事だ。兄妹だから、大好きだ。

それは逆に言えば——兄妹だから一人の女の子とは見られない、ということでもあって。

だけど——いや、だからこそ——通じて欲しいと、俺は改めて、新しい髪留めを差し出した。

「だから、今日からはこれを着けて欲しいんだ」

まるで、つぶらに指輪を贈るように。新しい関係を約束するように。

今までの関係の、発展系を望んでいるんだと……。

「ゆっこ」

かすかな緊張と共に、俺は愛《いと》しい妹を呼んだ。

その愛しさに、やっぱり後ろめたさはなかった。俺は胸を張って言える。この妹が大好きだと。たとえ、つぶらの前でだって——

「ぷっ……ふふっ……」

そこで。堪えかねたかのように、ゆっこは噴き出した。

「あはっ、あはははは……！」

お腹《なか》を抱えて、目には涙すら浮かべて、おかしくてたまらないといった風に。

そうして――その笑いが収まると、

「は～……ねえ、おにい」

「う、うん……なんだ？」

「ゆっこも大概、ちょろいよね……」

「…………」

「まあでも、当たり前だよね。ちょろおにいの妹なんだし……」

「……ゆっこ」

「大好きって言ってもらえて……髪留め、贈ってもらえただけで……」

ゆっこは目元を拭いながら、はにかみ笑いを浮かべて、

「全部……いいやって、なっちゃった」

「ゆっこ……！」

ゆっこは足を投げ出し、後ろに手をつく。そして気が抜けたような笑みを見せながら、

「ずっとね、自分はキモいって思ってた」

「……え？」

「あのお祭りのときからずっと、実の兄のことが好きだったなんてって。あの程度のことで、一生分の恋に落ちちゃったなんてって」

「…………ゆっこ」

「ちょろすぎるし……実の兄に惚《ほ》れるなんて、ありえないしさ。絶対、結ばれることはないんだから」

そんなことない――とは、俺には言えない。ただ黙って、ゆっこの言葉の続きを待つ。

「だから最初から諦めてた。何もかも。どうせおにいとは結ばれないんだからって。そうしたら何もやる気出なくて、なんでも適当な性格になっちゃった」

ゆっこはヘラヘラ笑いながら、軽い口調で話を続ける。

「おにいにも、せめてキモがられないようにって、適度な距離取って……そうしたらそのうち、梅《うめ》ちゃんとか現れたから……もう、いっそ早いとこくっついてくれればいいなんて……思ってたけど、おにいも梅ちゃんも全然ダメで」

「それは……俺もアレだったけど小津《おづ》もアレだったし」

「ん～まぁ、あ、こりゃ無理そうかなってゆっこも途中で思ったしね」

早々に見切りをつけられていたらしい。

まあ、実際、俺と小津のやつがくっつくことはなかったわけだしな……。

「それならもう……なんて、気持ちがあふれちゃいそうになってたところで……ゆっこ、つぶに出会ったの」

そしてその話題転換にハッとする。

「最初は、世話焼いてくれそうだったから……なんて理由だったけどさ。話してるうちにどんどん、思ったんだ」

「……なんて？」

「……こういう子が、おにいの彼女になってくれたらなあって」

俺はじぃんと感じ入る。ゆっこは、つぶらに惚《ほ》れ込《こ》んだみたいになってくれてたんだ。

この子なら、と。俺よりも早く……。

「思ってたら……二人は出会っちゃって、あっという間に付き合い始めちゃって」

ゆっこは笑う。

「嬉《うれ》しかったよ、ゆっこも。あ～、相手がつぶなら、自分も気持ちを封じ込められるって。つぶならおにいの気持ちを全部受け止めてくれるはずだから、もう自分の気持ちは絶対おにいに届かなくて……だからもう、自分はキモい妹だって、苛《さいな》まれないで済むはずだって」

軽く。……だけど、どこかほろ苦く。

「でも……あの顔合わせの日。ゆっこ、思わずあふれちゃったの」

そうしてゆっこは、また髪留めに触れた。それを指先で撫《な》でるように弄《いじ》りながら、

「それからは自分でびっくりしてた。ゆっこ、一度歯止めが利かなくなると、こんなになっちゃうんだって」

「……俺も驚かされたよ」

「おにいにもつぶにも、いっぱい、変なことしちゃったよね」

「でも……そういうことだったんだな」

やっぱり。……俺が思ってたとおりに。

「たぶん、つぶにもバレバレだったよね。だからあの子、ゆっこに妬《や》いてあんなこと言ったんだと思う」

「それは――」

「うん……ゆっこが、つぶに妬いてたのと一緒で」

結局……さっきの二人のあの言い合いは、要するにそういうことだった。

妹と彼女が、お互いに妬き合ってた。

「だけど、さ。それってつまり、お互い様なんだよね」

ゆっこはへらり笑う。そこにはもう、一切の陰はなかった。

「つぶは、ゆっこにはなれない。ゆっこは、つぶにはなれない。そういうもので……」

そうしてゆっこは言った。


「妹が一生、おにいを好きでも……別にいいんだってさ」

俺はしっかりと、頷《うなず》いてみせた。

「ああ。俺も一生、おまえのこと愛してる」

「んふ……うん、それだけで、ゆっこ、なんかもう満足……」

――ああ、伝わった。

俺の気持ちは、ちゃんとこの妹に伝わってる……。

「でもなかった」

カクッとしてしまった。

「おにい、一つだけお願いしてい～い？」

ゆっこは、俺に甘ったれるときの、ニマニマした上目遣い。

「うん……なんだ？」

「……新しい髪留め、おにいに着けて欲しい」

「…………」

俺は少しきょとんとし……そして、笑ってしまった。

「ああ、分かったよ」

「んふ……」

ちょこん、とゆっこが座り直す。

そんな妹の髪から、俺は昔買ってやった髪留めを抜き取る。

ふわりと髪の匂い。それはどこか郷愁みたいな匂いで……俺の胸をきゅっと締めつけた。

噛《か》みしめながら、俺は改めて髪の房をまとめ直すと……ゴムを何重にも巻き、ぴったり花が映えるように位置を整えて手を離した。

ぴょこん、と軽く身体《からだ》を跳ねさせ、ゆっこは俺を見上げて小首を傾《かし》げる。

「ど～お？　おにい」

「うん……似合ってる」

「これ、つぶのとおそろいっぽいよね」

「……まあ、そう思って買った」

「つぶと同じに……同じくらい、おにいってばゆっこのこと好きなんだよね。そういう、意味なんだよね」

「……そう改めて言葉にされると照れくさいけども」

うちの妹は聡《さと》い。そういう機微まで、余すところなく感じ取ってくれた。

「それでも……指輪を贈られるつぶとは違う」

「……そういうことになる」

「でも……んふ、逆に言えば……」

ゆっこはそこで、屈託のない笑みを浮かべてくれた。

「これは、ゆっこじゃなきゃ、おにいからもらえないものだし」

そして翌日の夕方——

俺は改めて、つぶらを駅近の公園に呼び出した。

こっちが向こうに行く、というのも考えはしたけども……、いや、このあとのことを考えるならば、どうしてもここがよかった。

「おにい、平気だよね」

花の髪留めを着けた悠伊《ゆうい》が、少し不安げにささやく。

考えてみれば、ゆっこも友達とケンカしたなんて初めてのことだろう。そりゃ、不安になるのも無理はなかった。

だけど俺は、しっかりと力強く頷《うなず》いてみせる。

「つぶらなら大丈夫だ。ちゃんと話せば、絶対に分かってくれる」

「……信頼してるんだ、つぶのこと」

「おまえと同じにな」

「……んふ」

それで少し、気が軽くなったようだ。ゆっこは微笑《ほほえ》み、そして髪留めに触れた。

「あ……、悠伊……」

そこに、つぶらがやってきた。

さすが女の子というべきなんだろうか。彼女は一目で、悠伊が着けている髪留めが昨日と違うということに気付いたようだった。

　しかしそれがどういう意味かまでは、さすがに分からない。だから表情を引き締めて、ゆっこに相対する。

「その……悠伊、昨日は……」

「おにいに買ってもらっちゃった！」

　ゆっこはいきなりそう切り出した。

「この髪留め。んふ〜」

「そっ……それは、よかったじゃない」

　面食らいつつも、律儀にそう返すつぶらはなんというか、つぶらだった。

「実はね、今までずっと着けてたのも、おにいに昔買ってもらったやつだったの」

「それは……」

「うん……思い出の品、みたいな。大好きなおにいに買ってもらったもの、ずっと着けてたの。ずっと、おにいが大好きだったから」

「…………」

　どう応えていいのか分からないんだろう。つぶらは眉を寄せ、恐《こわ》い顔になる。

　が、それはちゃんと聞いてくれてるという証《あかし》だった。だからゆっこはますます笑って、

「おにいも、ゆっこのことが大好きなんだよ」

「ッ……」

「……世界でたった一人の、妹だから」

「……え？」

「妹だから、ゆっこはつぶみたいに、おにいと結婚出来ないけど……」

「ゆ、悠伊《ゆうい》……？」

「うん……それでも、特別なの。つぶがおにいにとって、特別なのと一緒で」

「…………」

パチパチ、とつぶらは大きく二度三度まばたきをし——

「……私はあなたに妬《や》いていました！」

大きく、まるで宣言するようにそう切り出した。

「うん……あたしも」

ゆっこは笑いながら頷《うなず》く。

すると、つぶらも笑いながら頷いて。

「だけど、私たちはお互い、妬き合う対象じゃない。……そういうことなんだ」

「お互い、おにいの特別なんだしね」

「私が、先輩の妹にはなれないように……」

「そゆこと」

ゆっこはにっこり笑って頷く。

その笑みで、つぶらも分かったんだろう。昨日のゆっことはもう違うと。今日のゆっこは、妹としてこの場に臨んでいると。

「……もうっ、悠伊！」

がばっ！とつぶらはそこで、たまりかねたようにゆっこに抱きついた。

ゆっこはまるでそれを予測していたかのように、軽々と抱き留めた。

「うん、つぶ……」

「あなたがうらやましくて、いいのね？　あなたにうらやましがられてて、いいのね？」

「そりゃ～ね……だってあたしたち、お互いがお互いの憧れなんだもん」

「私が、あなたの憧れなら……もう、下手なところは見せられない」

「それはお互い様～……あたしも、つぶに憧れてもらってるなら、妹としてきちんとしないと」

「私の妹にも、なってくれるの？」

「つぶはこんなゆるゆるの妹、嫌？」

「嫌なわけないでしょうっ……あなた以外の誰と、家族づきあいができるって言うの！」

「あたし、一生おにいが好きだよ？　たぶん」

「そんなのっ……私だって一緒です。負けないから！」

「うん……その調子でお願い。そうすれば……」

「うんっ、うんっ……」

「あたし、妹でいられるから」

「悠伊《ゆうい》ッ……！」

「つぶ〜っ……」

抱き合い、涙を浮かべ合う女の子たち。

「つぶおねえ〜っ」

「そ、それはまだ早いから！　嬉《うれ》しいけどっ……」

「……あはは」

「ふふっ、ふふふふっ……」

そんな二人を、夕焼けが赤く照らしていた。

友人同士で、これから家族に——姉妹になろうとしている二人。

これからもきっと、こうやって付き合っていくんだろう。

ときどき、ケンカもするかも知れない。どうしてもお互いに、妬《や》いてしまうことがあるかも知れない。

だけど、お互いの立ち位置はもうはっきりしているから……。

二人とも、「俺が好き」というのは変わらないから。

そして、お互いが唯一無二の存在というのも、やはり変わらないから。

きっとこれからも、こうやって手を取り合っていってくれるんだろう。

素直に、そう思えた。

そしてゆっこは、笑いながらつぶらの身体《からだ》を放す。

「ん……じゃあ……本番だよ、つぶ」

「え……？」

「おにい、あたし先に帰ってるね」

一人称がすっかり「あたし」に戻ってる。それは、ゆっこ――いや、悠伊なりの線引きなんだろう。

俺は頷《うなず》き返し、悠伊はひらりと手を振って歩き去って行った。

「え？　え？」

つぶらはまだ、理解が追いつかないようだった。泡を食ったように、悠伊が歩き去った方や俺の方に代わる代わる視線を向けていた。

そんな彼女に――俺は微笑《ほほえ》む。

「つぶら」

「あ……、は、はい……」

「妹も、おばあさんも、……父さんたちも、みさおさんも、承諾してくれた」

「あ――」

ようやく、「本番」とはどういう意味か分かったんだろう。

つぶらはみるみる、それこそ夕焼けの赤さに負けないくらい頬《ほお》をバラ色に染め、背筋を伸ばした。

「……先輩」

「うん……実は、この前に、ゆっこに付き合ってもらってたんだ」

俺はコートのポケットを探る。そして、それを取り出しながら、

「つぶらに贈るものだからって、一緒に選んでくれた。つまり……俺と悠伊《ゆうい》の気持ちがこもったものです」

「は……、はい……はいっ……」

つぶらはますます頬をバラ色にする。そんな反応が、ただただ愛《いと》おしかった。

俺はそんな彼女の前に、ゆっくりと跪《ひざまず》いた。

そして、その箱を取り出して、開けて見せながら言った。


「──その歳になったら、俺と結婚してください」

中の指輪を見て、つぶらはもう耳まで真っ赤になった。

「せ、先輩、こんなお高そうなもの」

「つぶらに贈るんだ。結婚するまで、着けてて欲しいものなんだ。バイトで稼いだ全財産、はたいて」

「そ……、そんな、でも、それじゃこれから……」

「もちろん、今後はこんな金の使い方しないよ。でも……これは、それくらい特別だから。特別だって、分かって欲しいから」

「あ、うぁ……先輩……私……」

その瞳が、みるみる潤んでくる。

戸惑うように両手が持ち上がり、口元を覆《おお》って。

「いいん、でしょうか……こんな……」

「つぶら以外、誰がこれを着けてくれるっていうんだ？」

「――――」

「もう一度、言います。……お願いです、十六歳になったら、俺と結婚してくれませんか」

「せ、先輩……先輩っ……」

ギュウッ、とつぶらは身体《からだ》を縮めて――

「はいっ！」

まるで全身全霊で応えるように、大きく、懸命に、そう返してくれた。

喜びに突き動かされ、俺は身体を跳ね起こす。

そして彼女の左手を取った。

つぶらははにかみ、睫毛《まつげ》を伏せ——そして、真《ま》っ直《す》ぐに俺を見上げた。

「……お願いします」

「うん……」

彼女の手に、そっと手を添えて。

同時に箱から、ドキドキしながら指輪を取り出して。

俺は静かに——婚約指輪を、彼女の左手の薬指に、通した。

「あ、ぁ……」

その瞬間、ぶるっ、と彼女は震えた。

今の俺の精いっぱい。ささやかなサファイヤ（つぶらの誕生石だ）がついただけの、とても豪華とは言えない指輪。

だけどそれが、何よりも素晴らしい贈り物であるかのように——

「——せんぱぁい」

彼女はくしゃっと顔を歪《ゆが》め、涙を浮かべた。

だけじゃ済まなかった。

「先輩っ！」

がばっ！

「んっと……」

先ほど悠伊《ゆうい》にしたのと同じように。だけど、悠伊のとき以上の勢いと無我夢中さで。

つぶらは俺に飛びつき、すがりついて。

その上で——

「先輩、先輩っ、せんぱいっ……んんっ！」

「————っ」

唇が、柔らかな彼女の唇で塞がれた。

全身全霊で何かを誓うように、彼女は無我夢中。

「んちゅ、んぅっ、しぇんぱっ——んんぅっ！」

小さな身体《からだ》一杯で俺にしがみつき……大きなその胸を、余すところなく俺に押しつけながら……、
彼女は、キスで俺のプロポーズに応えてくれていた。

俺はそんな彼女を、強く強く抱きしめる。

身長差で、彼女のつま先が浮いてしまっても、構わず。

むしろいっぱいに抱き上げて……初めての、彼女の唇を味わった。

よく、ファーストキスは甘酸っぱいレモンの味なんて言うけど……。

「ぐすっ……ん、んんっ……せん、ぱぁい……すきですすっ……」

俺たちのファーストキスは、つぶらがこぼし、流れた涙の味がした。

そのしょっぱさは、逆に。


「いっしょう、わすれられません……こんなぷろぽーず……」


まさに、そうだった。

唇を離すと、俺たちは照れくさく笑い合う。

「しちゃい、ましたね」

「しちゃったな……二重の意味で」

「きっと、このことも、あとになって二人で笑いながら思い出すんでしょうね」

「いや……三人かもな」

「ふふっ……そうですね……悠伊《ゆうい》もきっと……」

「いや、もっともっと増えるかも」

「あ……は、はい、そう、ですね、はい……その……私たちが結婚したなら……」

「子供だって、産まれる」

「……はい」

「産んでくれるか?」

「そのときが来たら……産ませてください、先輩」

「……すごいこと言ってるな、つぶら」

「言わせたのは先輩ですっ……！」

「……はは。つぶら」

「ふふっ……ふふふっ……はい、先輩」

「いつか、つぶらの全部をもらうからな」

キツく抱きしめて、そう告げた。

ぶるっ、とつぶらはまた震えて……。

「……はい、先輩」

だけど、コクンと、確かに頷《うなず》いて応えてくれた。

「それは、私にしか出来ないことですから……胸を張って、せ、先輩に全て捧《ささ》げますっ」

「でも、その前に――」

「あ……、は、はい……先輩、どうぞ……ん、んっ」

もう一度、キスをした。

さっきのは、誓いのキス。

今度のは、ただ、したくてしたキス。

「ん、んっ……ちゅ……せんぱい……」

そのどちらも、つぶらは柔らかな唇で応えてくれた。

やはり、その小さな身体《からだ》を、大きな部分まで余さず、ぴったりと俺に寄せて。

だから俺は全身が痺《しび》れるようだった。

この子と、俺は、結婚するんだ。この子の全てをもらうんだ……。

「………星井出《ほしいで》、つぶら」

唇を離すと、つぶらはささやいた。

ゾクッ、と俺はした。強烈に感じたからだ。

そう──俺は、もらうばかりじゃない。


「先輩の名字も……私、もらうんですね」

俺は笑いながら頷《うなず》き、もう一度大きくつぶらを抱き上げた。

──こうして、俺たちは正式に婚約を果たした。

# エピローグ♥未来に向けて

「なんかさー、アタシたちここんトコ、三人でダべるのが定番になってきたよね」

アイスティーから口を離すと、はるまれ先輩がぼやくようにそう言った。

「あはは、まあ……それじゃ仕方ないんじゃないですかね？」

その向かいで、梅《うめ》ちゃんがアイスコーヒーを掻《か》き回《まわ》しながら苦笑する。

「わたしたち、功成《こうせい》にフラれ同盟みたいなもんですし……ねえ？　ゆっこ」

あたしはへらっと笑ってみせて、花の髪留めに触れた。

「ゆっこは違うよ？　おにいから愛されてるも～ん」

「ぐぬ……ま、まあ、ゆっこは特別だからね……」

「……でもさぁ、星井出《ほしいで》。それって、きちんと玉砕出来たってことなんでしょ？　小津《おづ》みたいにさ」

はるまれ先輩が少し真顔になる。それを聞くと、梅ちゃんはこくこく頷《うなず》く。

「あー……うん、ゆっこ、ちゃんと功成に好きだって言ったんだもんね。それで――」

「というか、まさかアンタまで功成くんのこと好きだったなんてなぁ」

「あはは……それは確かに……しかも子供の頃、髪留め買ってもらったからとか……」

「アタシたちみんなちょろすぎない？」

「否定出来ない……！」

「ま、アタシはそんなアタシが好きだけど」

「ん～まぁ……はるまれ先輩のそゆとこ、あたしも嫌いじゃないけど……」

あたしは笑いながら肩をすくめてみせる。

「だからって、おにいにまた手を出そうとしたら止めるからね」

「ほう」

「ゆ、ゆっこはそういうスタンスなんだ」

梅ちゃんに頷き、あたしはもう一度髪留めを撫《な》でた。

——そこには、おにいからの気持ちが宿ってる。

「あたしの場合は、玉砕とは思ってないし」

そう。これは、違うのだ。あたしの場合は、二人とは違うのだ。

「そうなの？　でも——」

「確かにおにいには、ゆっこの気持ちには応えられない的なことを言われたよ？　だけど同時に、大好きだとも言ってもらえたから」

「えー、っと？」

「妹は特別なの。……一生、おにいを好きでもいいの」

「まぁ……何がどうあっても、兄妹《きょうだい》ってことは絶対変わらないわけだしね」

「さすがはるまれ先輩、分かってる」

「や、それで星井出が納得しちゃえるあたりは、よく分かんないけどね」

「……そう納得することにしたの」

あたしは笑う。誇らしく。

そう納得出来るのも、世界であたしだけ。

婚約者がいるおにいに、好きだと言ってもらえるのも、世界であたしだけ。

それでいい、充分だって……。

「あたし、つぶのことも大好きだから。大好きな二人がちゃんとくっつくんなら、それでよくない？」

梅《うめ》ちゃんとはるまれ先輩は顔を見合わせた。

おにいに振られた同士、というのは一緒でも……。

この二人が至ったところと、あたしが至ったところは違う。

それでいい。いや、それがいいと、あたしはもう笑えた。

「こういう諦め方も、あるんだねぇ……」

あたしがクスクス笑っていると、やがて、はるまれ先輩が感慨深げに呟《つぶや》いた。

「ですねえ……わたしたちには、真似《まね》出来ないですけど……」

こくん、とそれを受けて梅ちゃんは頷《うなず》く。

「真似出来ないから……」

そして、二人声を揃《そろ》えて。

「『うらやましい』」

あたしはにっこり笑ってみせた。

するとはるまれ先輩はやれやれと頬杖《ほおづえ》をついて、

「それで……、功成《こうせい》くんたち、行くんでしょ？」

「うん。今ごろ、向かってるところだと思うよ」

「思い切ったよねぇ、あの二人……いや、それを言うならこの歳《とし》で婚約したこと自体なんだけど……」

背中を丸めながら、梅ちゃんはささやくように言う。

するとはるまれ先輩は肩をすくめて、

「もうアタシたちの入り込む隙ないよね」

「わ、わたしはそもそもそんなの狙ってませんでしたからっ」

「はいはい」

「うぐ……」

「でもまあ……なんて言うか、アレだよね」

「は、はあ」

「それでこそアタシたちの好きになった功成くんと初鹿野《はじかの》、って感じしない？」

「あはっ……それは、確かに……」

二人は顔を見合わせ、苦笑を浮かべる。

あ、あたしと一緒だ。そう感じた。

結局は、そこに至るしかないんだ。

たとえ自分の気持ちが届かなくても——


嬉《うれ》しいことっていうのは、世の中には、ある。

あたしたちの中にも、それがあった。


「これからも仲よくしてね、はるまれ先輩。梅《うめ》ちゃん」

嬉しくて、あたしは満面の笑みでそう言ってしまった。

「もっちろん！　功成《こうせい》くんたちのその後も気になるしー」

「あはは……ま、まあ、同盟は今後もって感じで」

そしてあたしたちは一緒に、思いを馳《は》せた。

——おにいたち、今ごろ。

二人で手を取り合って、明るい未来に向かってるんだろう。

それを想像すると、口元が自然とほころびた。

そんな自分が、やっぱり——誇らしかった。

＊　＊　＊

もう、桜が咲き始めていた。

俺は高等部2年、つぶらは中等部3年になった始業式を終えて。

俺たちは久々田《くぐた》並木で落ち合い、手を取り合っていた。

「それじゃ行こうか、つぶら」

「はいっ……」

つぶらはギュッと、力強く手を握り返してくる。

その反対の手。左手には——今は、指輪を着けていない。だからこそだった。

「二年後、結婚するなら……二人とも在学中になりますもんね。そんなの、きっと、前例がないことですもんね」

「うん……だから……」

「ひょっとしたら反対されるかも知れません。何を言ってるんだ、と一刀両断に却下されるかも知れません」

「だけど……だからって、報告に行かないわけにはな」

「はいっ……だって、私たちは正式に婚約したんですから……」

「……学校側にも、きちんとそれを許可してもらわないとな」

たぶん、前例のないことだ。だから彼女の言うとおり、却下される可能性は高いだろう。

だけど、たとえ却下されたとしても、俺たちは諦めない。

真っ正面から、ぶつかっていく。かといってただ真っ正直に、ではもうない。

「たとえ校則で禁じられてたとしたら……それこそ、校則を変える運動をしてでも、話を通してやるんだ」

「そのためだったら、私、生徒会長にだってなってみせます」

「……つぶら、生徒会長似合うだろうなぁ」

「し、支持をもらえるかどうかは分かりませんけど」

「応援演説は悠伊《ゆうい》にしてもらおう」

「ふふっ……そうですね、悠伊なら引き受けてくれるはずですし」

俺たちは笑い合う。そこにはもう、なんの躊躇《ためら》いも不安もなかった。

「……つぶら」

「あ……、はい、先輩……」

俺が呼びかけると、つぶらは自然と爪先立って、あごを上げて。

目を閉じたのを確かめると、俺はそっと、彼女の唇を唇で塞いだ。

「ふ……ふふっ、キスはすごいですね。頭の中が全部、先輩だけになって……胸の奥から、滾々《こんこん》と愛情とやる気が込み上げてきます」

「相変わらずそうやって、丁寧に気持ちを説明してくれるんだからなぁ、つぶらは」

「わ、私ですから」

「うん……そういうところ、大好きだ」

「私だってっ、いつもそうやってきちんと言ってくれる先輩が大好きですっ。一生、添い遂げたいと素直に思ってしまうくらいに……」

ギュッと、身体《からだ》を押しつけてきて、うっとりと囁《ささや》いた。

俺はそんな彼女を抱きしめ、改めて笑いかけた。

そうして俺たちは手を取り合い、くすぐったく笑い合い、一緒に踏み出す。


——そこに風が吹き、桜の花びらが舞い散った。

まるで、結婚式のフラワーシャワーみたいに。

俺たちはまた笑い合い——

そして、駆け出した。

二人のこれからに向けて。

# あとがき

ぐうたらでムチムチな可愛《かわい》い妹を一生世話焼きたいです。

いきなり欲望がだだ漏《も》れになってしまいましたが、それはさておきお久しぶりです。

『おまちょろ』3巻でございました。

今回は温泉回であり、そしてゆっこ回でした。

ゆっこのように少し斜に構えた、自分のペースで生きているような子は、作者としては大変立ち回り具合がありがたく、この作品になくてはならない脇役でした。

しかし、今回はそのゆっこを中心に取り上げる！　しかもつぶらとは、もうすっかり堅い絆《きずな》で結ばれた状態で！　おっぱいに顔を埋《うず》めたりしてるほどの段階で！

どうしよう……と正直思いました。そもそも兄に恋人がいる状態で、妹の積年の恋心をどう表現し、どう落とす？　いや、この展開自体は1巻を書いた段階から考えてはいたんですが、それにしても苦戦させられました。自分の計画性のなさが悔やまれます。

が、苦戦した甲斐《かい》あって、ゆっこならではの、ゆっこだけのポジションに落とし込めたとは個人的に思っています。皆様、いかがだったでしょうか？　楽しんでいただけ、そしてご納得いただければ、これに勝る幸いはありません。

それにつけてもゆっこに「おにい、リモコン取って～」とか、「ポテチ食べた～い」とか、兄として言われたいですよね。本当に。僕が功成《こうせい》だったら甘やかしまくっていたと思います。だとするとゆっこはさらにムチムチさんになっていたかも知れないので、まあ、僕ではなく功成が兄でよかったのだとは思いますが。当たり前ですが。

ムチムチで思い出しましたが、今回はつぶらのバストサイズや、住んでいるところなどが明らかになった巻でもありますね。自分がウン十年千葉県民なもので、どうしても舞台を千葉にしてしまいます。そして巨乳キャラは、ええいいっそのこと！と数値のレベルを上げてしまいます。でもこれくらいあっていいと思うんだ……おっぱい、大事……。そんな僕の思いが少しでも通じれば、これまた幸いですと言ったところです。

おっぱいのことはさておき、謝辞を述べさせていただきます。まずはやはり、イラストのすいみゃ様。今回も本当にありがとうございました！　カラー口絵、なんかもう最高すぎて最高でした（語彙）！　本当に幸せです！　また、担当編集O様。今回もお世話をおかけいたしました。いつもながら、自分が小説を書けているのはあなた様のおかげです。引き続き装丁をご担当くださったドーナツスタジオ様、また、本書の出版にお力添えくださった全ての方々も、誠にありがとうございました。

そして、読者の皆様。今回も最後までお付き合いいただき、誠にありがとうございました。お一方ずつ、抱きしめて「愛してます！」と言いたいくらいです。本当に。

それではまた、お会い出来るようならば。保住圭《ほずみけい》でした。失礼いたします。

MF文庫J

# 俺もおまえもちょろすぎないか3


2018年11月25日 初版第一刷発行

著者 保住圭
発行者 三坂泰二
発行 株式会社 KADOKAWA
〒102-8177 東京都千代田区富士見2-13-3
0570-002-001（ナビダイヤル）

印刷・製本 株式会社廣済堂




Printed in Japan ISBN 978-4-04-065160-6 C0193





【ファンレター、作品のご感想をお待ちしています】
〒102-0071 東京都千代田区富士見2-13-12
株式会社KADOKAWA MF文庫J編集部気付「保住圭先生」係「すいみゃ先生」係